大
方
sight

八重樱闲话

李长声 著

中信出版集团｜北京

图书在版编目（CIP）数据

八重樱闲话 / 李长声著. -- 北京：中信出版社，
2025.9. -- ISBN 978-7-5217-7869-4

Ⅰ. I267.1

中国国家版本馆 CIP 数据核字第 2025CX6291 号

八重樱闲话
著者：李长声
出版发行：中信出版集团股份有限公司
（北京市朝阳区东三环北路 27 号嘉铭中心　邮编　100020）
承印者：　嘉业印刷（天津）有限公司

开本：787mm×1092mm 1/32　印张：11.5　字数：167 千字
版次：2025 年 9 月第 1 版　　　　印次：2025 年 9 月第 1 次印刷
书号：ISBN 978-7-5217-7869-4
定价：59.00 元

版权所有·侵权必究
如有印刷、装订问题，本公司负责调换。
服务热线：400-600-8099
投稿邮箱：author@citicpub.com

闲话八重樱

我不大喜欢一哄而开、一哄而落的樱花。

日本的樱百分之八十都是那种叫染井吉野的,它开放十来天,还嫩着便一瓣瓣飘落,宛如绿珠坠楼,宛转蛾眉马前死,也好像操纵滑翔机撞击美国战舰的神风特攻兵。唐纳德·金参加过太平洋战争,后来成为很有名的日本文学研究家,他说:樱花确实美,但一下就散了,扫除很费事儿。花落便长出一树绿叶,刚有了秋意又抢着枯黄凋谢,然后光秃秃一冬。日本人多是单眼皮,樱的花瓣大都是一重,我却喜欢花瓣重重的八重樱,可能因为它长得像牡丹,中国人没有不喜爱牡丹的。

八重樱的"八重"指花型,极言其多,人工甚至培育出三百多瓣,一簇簇缀满枝头。开花的同时长出嫩叶,和即位大典上天皇穿的黄栌染御袍一个色。王朝时代贵族喜好八重樱,随笔《枕草子》写道:"无论浓淡,树的花要数红梅。樱则要花朵大,叶子的颜色深,在细枝上绽开。"[1]女歌人伊势大辅吟道:"古の奈良の都の八重桜今日九重に匂ひぬるかな",意思是古都奈良的八重樱如今在九重(指京都的皇宫)里飘香。但到了武士时代,刀光剑影,恐不得从容,嗜好也简单了。与《枕草子》并称日本随笔文学双璧的《徒然草》写道:"樱以花瓣一重为好。八重樱本来只奈良有,近来哪里都能看见了。八重樱属于另类,过分乖张,院子里不必种它。花开晚,令人扫兴,生虫子也是个麻烦。"这位审美颇不走正道的吉田法师对梅却另眼看待,说"一重花瓣的梅早开,多重的红梅飘香,都很有情趣"。大阪府造币局院内是樱花胜地,八重樱为多,盛开时对外开放一周,但只能随人流沿着长约一里的通路一走一过,也就不想凑热闹,至今没看过。

染井吉野是人工栽培的杂种,由一株原木嫁接而遍及全日本乃至世界。克隆的樱具有完全相同的遗传

---

[1] 本文中引用的译文和书名均为作者翻译。——编者注

基因，同样环境下同时开花，长相都一样。齐开齐落，像学生一齐入学一齐毕业一样，或许也陶冶人的集团性。有这样的人造特性，可以从气温条件来预报开花的时间，叫樱花前线。正月里冲绳的寒绯樱绽开，一路开下去，浩浩荡荡五千里，最后在北海道开放千岛樱已经是五月。

某民间机构自2009年问卷调查日本四十七个都道府县（相当于我国省级行政区）的魅力度，2021年发表的统计结果是北海道连续十三年名列第一。日本人觉得北海道像外国（自1869年明治政府设置开拓使，北海道开发一个半世纪，至今政府仍设有北海道开发局），但对于外国人来说，这就不大有魅力。他们想观光的是日本，似不妨把排行榜倒将过来，先旅游排在末尾的茨城县。那里的偕乐园是日本三名园之一，植梅三千株，品种有12月下旬早开的冬至，也有3月下旬晚开的江南所无。

一不小心侨居日本三十余年，多次去过北海道。也曾参观北海道政府旧楼，美国风格的新巴洛克式建筑，说是用二百五十万块红砖砌成。2006年日本和中国、韩国的"观光大臣"（中国是国家旅游局局长）举行会议，签署加强三国之间观光交流与合作的北海道宣言，在楼前的花坛里种植千岛樱、牡丹、木槿，以资纪念，这些花卉代表了东亚三国。据说上百个国家有国花，大约一半为法定，一半是众人所好，像一个传说。中国的国花应该是牡丹，韩国定然为木槿，日本无疑是樱花，但也有说当属象征皇家的菊花，或者政府的标志桐花。韩国有无穷花大勋章，日本有桐花大绶章。

木槿，白居易有诗云："松树千年终是朽，槿花一日自为荣。"李商隐吟道："风露凄凄秋景繁，可怜荣落在朝昏。"日本人接受这种看法，说槿花是"一晨荣""一朝梦"。不过，达人知命，"终是朽""自为荣"，如同"齐彭殇，一死生"，"月有阴晴圆缺，此事古难全"，是超越了无常的达观，而日本人止步于无常。更有甚者，俳圣芭蕉作马上吟："路边木槿花／认认真真一日荣／被马吃掉啦。"（みちのべのむくげは馬にくはれけり）。这下子连一日之荣都做不成。中国人达观，日本人无常，这就是两国观念的根本不同。韩国人则换了一个视点，叫它无穷花，因为一朵花朝开暮谢，一株木槿上可是此花谢了彼花开，无穷尽也。

忽而想，倘若选一种花作为东亚之花，什么花为好呢？

日本哲学家梅原猛年高八十，在院子里种了两株树，一株是梅，还有一株也是梅，但花开一红一白。之所以种梅，不是因为他姓梅原，而是接受了韩国哲学家李御宁的建议。李提倡韩中日东亚共同体，认为日本是樱，中国是牡丹，韩国是木槿，而符合三国友好的花是梅花。

2019年日本换天皇，改年号，很热闹了一番。年号需要造一个新词，安倍首相曾相中天翔，可是有殡仪馆就叫这名字，不符合条件，最终定为令和。奈良时代的730年大伴旅人在府里设宴赏梅，三十二人作"梅花歌三十二首并序"，后收入《万叶集》，这是日本现存最古老的和歌集，相当于我国的《诗经》。序是用汉文写的，"初春令月，气淑风和"云云，据说有个叫中西进的《万叶集》研究家从这两句集成了令和一词，也就是令名、令爱的令。

梅花宴宾主尽筑紫（古称九州）之美，其中有一位药师叫张氏福子，是渡海而来的中国人。《藤氏家传》中记为方士张福子。这是藤原氏先祖藤原镰足及其孙藤原武智麻吕的传记,成书于760年,时当《日本书纪》与《续日本纪》之间,一些史料不见于这两部史书。

赴会的人里还有位山上忆良,博学而善歌,中西进认为他是朝鲜半岛的百济人,国破后随父流亡日本。702年作为遣唐少录随团出使唐朝,三年后归国,726年出任筑前守(相当于福冈县知事)。越明年,大伴旅人到筑前任大宰帅(职司防卫与外交)。二人结文字交,一时间腾蛟起凤,形成了筑紫歌坛。他们学初唐,作和歌也加上序。一说这个汉文序就是山上忆良作。他吟道:"春さればまづ咲くやどの梅の花ひとり見つつや春日暮らさむ。"意思是院落春来梅先开,如何独赏过春日。

张氏福子咏梅:"梅の花咲きて散りなば桜花継て咲くべくなりにてあらずや。"意思是梅花开了散落,樱花将继之开放吧。每说樱的事必提及《万叶集》里咏花,萩(胡枝子)最多,梅第二,为一百一十八首,樱第六,四十四首。张氏福子似乎预感或预测了历史推移和文化变迁。果然,恒武天皇794年迁都到京都之地,叫作平安京,坐北朝南的紫宸殿前植下两株

树，东侧一株是梅，西侧一株是橘。仁明天皇在位时（833—850）梅树枯失，移植了樱树。如今空旷的紫宸殿前还是橘和樱，樱不是染井吉野，而是山樱。再到醍醐天皇（在位897—930）敕撰《古今和歌集》，咏樱多过了咏梅。为什么樱代梅僵，正史野史上都不曾说什么，后人打扮历史，就事关日本人的民族意识及其审美了。

诗宴的主人大伴旅人也长于汉学、和歌，收入《万叶集》八十来首和歌多作于大宰府任上。他吟道："わが園に梅の花 散るひさかたの天より雪の流れくるかも。"意思是我家园里梅花散，好似从天飘来雪。不光日本人，还有中国人和朝鲜半岛人或者他们的后裔在座，这场宴会便增添了国际色彩，以致令和这个年号仿佛也蕴含令东亚和平的意思。

木槿一日荣，虽然可寓意一期一会，毕竟不适于插花，除非天天换。日本有谚语："不剪梅枝是傻瓜，剪樱枝也是傻瓜。"因为樱枝的切口易染病。樱很少做盆景，而梅做盆景，枝虬花艳，再美不过了。梅花几乎没有柄，直接开在枝干上。樱花有长柄，商场卖樱桃常见带着柄，还有并蒂的。染井吉野、八重樱都只是给人赏花，结不出樱桃，让太宰治"好像很难吃似的，吃了吐核，吃了吐核，吃了吐核，就这么在心里虚张声势般嘀咕，老爸比孩子要紧"。梅子酿美酒，梅脯更是日本人下饭的最爱。有一种樱饼，糯米面豆沙馅，外面贴一片樱叶，这叶子不是染井吉野的，要用大岛樱或者八重樱，盐渍过才会有香味。

周作人说："不但可吃，也更可思索。"我是东北人，一思索便觉得樱饼像东北老家的黏豆包，外面裹一片苏子叶（紫苏，日本叫大叶，常搭配刺身）上锅蒸。我们那嘎达有不少豆包的俗语，例如：别拿豆包不当干粮。我虽然年轻时顺着垄沟捡过两三年豆包，却始终不大明白为啥这么说，只当意思是叫人高看一眼。打心眼儿里感谢刘玮和朱燕玲以及陈小奇诸编辑，几经周折，终于催生了这本小书。好似一锅豆包，或许不算甜，读者大神们别拿豆包不当干粮哟。

目 录

村上春树之诺门罕 _1

诺奖闹剧 _3

诺门罕战役 _10

村上文体 _17

村上物语 _24

三岛由纪夫之假面 _31

假面的自白 _33

金阁寺 _40

丰饶的海 _47

太宰治之斜阳 _55

人间失格 _57

斜阳 _64

古得拜 _72

宫部美幸之文凭 —79
作家的文凭 —81
文豪的推理 —88

东野圭吾之推理 —95
本格推理 —97
警察小说 —104

池波正太郎之武士 —111
鬼平犯科帐 —113
武士小说与武侠小说 —120

渡边淳一之阿寒 —127
死在阿寒 —129
另一个渡边 —136
北海道文学 —143

远藤周作之宗教 —151
生活随笔 —153
宗教小说 —160

芥川龙之介之短篇 _167

故事新编 _169

中国游记 _176

短篇小说 _183

夏目漱石之汉诗文 _191

神经衰弱 _193

家暴 _200

汉诗文 _207

坐禅 _214

川端康成之温泉 _219

大眼睛 _221

雪国 _228

温泉与文学 _235

谷崎润一郎之阴翳 _243

大观园 _245

长筒袜 _253

阴翳 _258

广东犬 _265

百合子日记 _272
米兰雾 _286
父与女 _294
我爸是太宰治 _303
蓝划子 _313
白话源氏物语 _326
英译源氏物语 _336

村上春树之诺门罕

诺奖闹剧

提及日本的作家,大概人们首先会想到村上春树。《1Q84》以后,时隔七年,村上又出版《刺杀骑士团长》。

这个长篇小说分为上下两部,是2017年2月上市的。我侨居的小城图书馆入藏十八套,过去大半年,还有三百八十五人排队,既想读,又不急于读。以前有个文人说:为了出版,不读也要买;为了文学,不买也要读。日本人爱排队是出了名的(加塞儿是扰乱秩序,在日本属于犯罪),这些在图书馆排队等着读的人都是为文学。

村上写东西不算快,自1987年的《挪威森林》,三十年间创作了十四部长篇小说。慢工出细活,这正是如今被中国人点赞的工匠精神。但读来有点像快餐,年轻人就像爱吃快餐一样爱读他的小说。名气太大了，以致不读他的全部作品都不好意思谈他。

谈什么呢？关于村上春树，最有趣的话题就是他与诺贝尔文学奖，能不能得到，咋还没得到。这个话题既像文学的，又不像文学的。实际上，日本文学界不大关心村上与诺奖。诺奖评委会当然不是读日语作品，这个奖能够让作家走向世界，但归根结底，它就是个瑞典语或者英语的翻译奖罢了。

2006年村上春树获得捷克的卡夫卡奖。曾有两位该奖得主在2004年、2005年接连获得诺奖，卡夫卡奖便有了诺奖门槛之称，从此村上年年被折腾，似乎已成为日本的秋季一景。可是，诺奖评选保密五十年，村上有没有被提名无从知晓。以前说安部公房、远藤周作入围，都不过是传言。村上心里很清楚，他说："说实在的，意外被骚扰。并非正式的最终候选，不就是民间赌博商决定的赌率吗？又不是赛马。"

赌博商年年搞这种事赚钱，还有媒体起哄，当然也少不了书店借机推销。有一个走红的电视艺人说：我讨厌的不是村上，而是那些过度狂热的粉丝。网上有自称小学五年级女生的，说村上这么无聊的东西却让她的姐姐和妈妈神魂颠倒，要是真得了诺奖，她就自杀。也有人说：当"村粉"是一种病，他们醉心于村上其人其作，不读其他作家的作品。2012年诺奖发表之前，书评家丰崎由美答记者问，说：日本年年瞎闹腾，村上之前是莫言或残雪吧。2017年村上又被赌博商排在第二位，两百来个"村粉"和媒体人聚集在东京的鸠森八幡神社（当年村上在那一带开过爵士乐咖啡馆），结果第十二次失落。好在他们有忍者精神或者阿Q精神，接着花开待来年。诺奖不仅玩政治，也喜欢跟大众对着干。某文艺评论家说：奖要给人惊喜，等"村粉"们消停，村上就该获奖了。

村上春树的六十多部作品被世界上五十多种语言翻译了。2006年以来十年间，在国际上获得捷克的卡夫卡奖、以色列的耶路撒冷奖、西班牙的加泰罗尼亚国际奖、丹麦的安徒生文学奖。为什么诺贝尔文学奖偏不奖给红遍世界的村上春树呢？这个谜题很吸引眼球。但首先的问题是，世界上有没有人推荐他。2016年2月18日女作家津岛佑子病故，柄谷行人撰文追悼，说津岛曾被提名为诺奖候选人。柄谷是著名的文艺评论家，不会言之无据，说不定诺奖评委会请他推荐过人选。柄谷把此事公开，或许也不无打击一下村上闹剧的意思。

诺贝尔文学奖两次奖给了日本作家。奖给川端康成，可以说是西欧的文学世界发现日本也有可以叫文学的东西；奖给大江健三郎，则是发现日本也有现代文学。那么，奖给村上春树能发现什么呢？难道是发现日本有美国式小说吗？有人说，诺奖不奖给村上，因为他不是纯文学，而是通俗小说，俗不可耐，《1Q84》的内容不就是恋爱加冒险吗？有娱乐读者的技巧，没有文学价值。文艺评论家小谷野敦说：他不能容忍村上春树的理由只有一个，那就是作品里净是主人公口味的女人，立马就上床。男主人公们从不考虑女方拒绝的可能性，而女人完全彻底为男人服务。很多人喜欢读村上小说，却说不出到底喜欢它什么，说穿了，喜欢的就是那股子色劲儿。

对于村上文学，从他出道伊始，评论界就截然分成了两派，一派叫好，一派嗤之以鼻。倚老卖老的文艺评论家大半不喜欢村上，例如当过东京大学校长的莲实重彦批评，村上文学不过是高度消费社会的时尚商品，读了心情舒畅的读者是上当受骗。批判村上的代表人物有小森阳一、黑古一夫，力挺的主要人物是加藤典洋。黑古认为，村上成功地描写了人活在高度发达的资本主义社会的丧失感、疏离感、孤独感、绝望感，但他的文学只是消极地追认现状，从未回答日本近现代文学的根本性问题——人（个人）应该怎么活。

村上春树用日语写作，虽然他精通英语，经常翻译美国小说，但从来不用英语写。他的作品理所当然地属于日本文学，甚至被称作"当代的夏目漱石"。把村上放在日本文学当中看，就看出他的与众不同，颇有点另类，一些文艺评论家讨厌的就是这一点。村上春树说："我的作品不管是什么样的东西，都具有一贯受文坛主流攻击的体质"，"那种体质才是我作品的重要生命线"，而"批评，就像是马粪"。

在村上春树通往诺奖的路上可能还有一只拦路虎，那就是大江健三郎。作为诺奖得主，应该最有话语权，一言九鼎。1979年大江对村上的作品下过这样的评语：模仿当今美国小说很巧妙，但是没摆正方向。1994年大江获奖，说：安部公房如果多活几年，诺奖就是他的。还说：中国的莫言、韩国的金芝河都有资格得诺奖。总之,从来没提过村上。

村上仿佛天生不关心社会,闷头干自己的事,就像他当年开咖啡馆,一个人在柜台里忙活。他说自己总是站在鸡蛋一边,却从未见他站出来。大江批评他:"对社会或者个人生活最贴近的环境一概不采取能动的态度,就是要用这种意志构成村上文学的特质。而且不加抵抗地被动接受低俗性环境的影响,一边听背景音乐,一边编织自己内心的梦想世界。"大江也说过年轻人爱读村上,但那不是肯定,而是对年轻人的抱怨。

2017年英国作家石黑一雄获得诺奖,恐怕又阻碍了村上的获奖路。听名字就知道是日裔,出生在长崎,五岁随家移居英国。他说:"最初接触英国文学是母亲用日语给我读福尔摩斯和克里斯蒂。对于我来说,日本是外国,但感情上是特殊的国家,是另一个故乡。"据说很多西欧人把他当作日本人。恐怕诺奖委员会即使考虑到村上,也要往后放放了。法籍华人高行健获奖是2000年,时隔十二年,中国作家莫言获奖。

村上翻译菲茨杰拉德、卡波特、钱德勒等20世纪美国小说家,他们都没得过诺奖。在随笔集《以小说为业》中，村上引用钱德勒写的信，信中写道："我想当大作家吗？我想得诺贝尔奖吗？诺贝尔奖算什么。这个奖，给了太多的二流作家，那些激不起阅读兴致的作家们。大概得了那玩意儿，就必须去斯德哥尔摩，穿上大礼服，讲一通话。诺贝尔奖值得如此折腾吗？我坚决说NO。"

这是村上春树借以表明他本人对诺奖的态度也说不定。

三岛由纪夫想得到诺奖，恨不能从喉咙里伸出手来，却矫情说：给我也不要。这当然是装。一旦诺奖真奖给村上，他不会不要吧。肯定去斯德哥尔摩讲一通，就如同在耶路撒冷讲他站在鸡蛋一边，在加泰罗尼亚讲日本人应该对核喊NO。

诺门罕战役

据说,读司马辽太郎的大叔们不读村上春树,读村上春树的姐姐们不读司马辽太郎。司马被称作"国民作家",未走向世界,而村上是世界的村上。

司马辽太郎是历史小说家,他对历史的看法被称作"司马史观"。一个基本的观点是打了胜仗的明治时代光明,打了败仗的昭和时代黑暗。所谓胜仗,指的是先后打败我大清和俄国,而败仗,败给了苏联和中国。司马有一部歌颂明治的代表作,名为《坂上云》,书名比喻明治志士为建立日本这个国家,好似望着坡顶上的云奋进。至于黑暗,他要写的是那场诺门罕战役。

诺门罕,这个地名我们听来有一点陌生,可能对诺门罕战役更知之不多。《辞海》里也查不到它的词条。诺门罕在中国内蒙古和蒙古国的边界附近，属于呼伦贝尔市的新巴尔虎左旗。一听到呼伦贝尔，我们会想起风吹草低见牛羊的辽阔景象。这场战争没有正式宣战，日本称之为"诺门罕事件"，而苏联、蒙古国叫它"哈拉哈河战役"。

表面上起因是边界，日军主张以哈拉哈河为界，而苏联主张边界从哈拉哈河往所谓"满洲国"一侧深入二十来公里，互不相让，便诉诸武力。在哈拉哈河两岸的诺门罕地区和蒙古国松布尔苏木一带，从1939年5月到9月打了一百多天，出动海陆空三军，是日本战史上第一场立体战争。据说在这场战斗中日本兵发明了把汽油装进饮料瓶里，叫"火炎瓶"，用来烧苏军的坦克。后来苏军不给坦克外壳涂油漆，也就烧不着了。

日军大约有五万六千人参战，战死八千四百四十人，负伤八千七百六十人，死伤率是百分之三十二。据苏联解体后解密的资料，苏军伤亡二万五千六百五十五人（死亡九千七百零三人），并非在东京审判上发表的九千多人，比日本惨重。于是有人认为是日军打赢了。然而，伤亡数量少，不等于胜利。若及早放下武器,伤亡会更少,问题在于是否达到战争的目的。苏联达到了。双方停战,苏联避免被东西夹击。无后顾之忧,大军调往欧洲前线跟德军作战。日本的战略由"北进"转为"南进",调转枪口找美英寻衅去了。两年后袭击珍珠港,最终导致了灭顶之灾。这场武装冲突发生在第二次世界大战之前,当时并没有引起多大的重视,但也有史学家把诺门罕战役视为第二次世界大战的开端。

司马辽太郎1943年从大阪外国语学校蒙古语专业提前毕业,应召入伍,开赴牡丹江。他是坦克兵小队长,指挥四辆坦克。他的部队里有诺门罕战役活下来的老兵。司马的亲身体验是日本的坦克简直像纸板做的,不堪一击,哪里能打得过人家的现代化装备。当时关东军却不可一世,认为苏联红军仍然是明治年间被日本打败的沙俄军队。为了写诺门罕,司马收集资料二十多年,但越看战史,越对陆军上层的无能之辈来气,觉得自己要是写这段历史,血管非爆裂不可。最终他没有写,给日本文学留下了一个遗憾。

司马辽太郎死于1996年。

1994年村上春树出版《发条鸟年代记》,写到了诺门罕战役。

这个小说有三部,第一部的标题是《鹊贼》。村上是标题党,他有一个惯用手法,就是拿来现成的,这回拿来的是意大利作曲家罗西尼1817年创作的歌剧名,小说主人公吹口哨总是吹它的序曲旋律。第二部叫《预言鸟》,是德国作曲家舒曼的《森林情景》中最有名的第七曲标题,第三部《捕鸟人》是莫扎特的《魔笛》中跟埃及王子营救夜女王女儿的帕帕盖诺,他是捕鸟人。

故事的主线是寻妻。主人公"我",叫冈田亨,辞职在家,当编辑的妻子久美子失踪了,于是"我"去找,一找就找进非日常世界。冈田的绰号"发条鸟",那是飞到他家院子里的鸟,鸣声好像上发条,久美子给它起了这个名,所以也就是"冈田年代记",把1984年的现实舞台和1939年的战场记忆联系在一起。算卦先生本田参加过诺门罕战役,震破了鼓膜,冈田奉岳父之命,每月拎一瓶酒去看望,多次听他讲诺门罕战役。某日,一个姓间宫的人给冈田送来本田的遗物。间宫当年是中尉,也对冈田讲述过去。原来诺门罕战役前一年,他和本田等人保护谍报员山本越过哈拉哈河，潜入蒙古国，取回来情报，但熟睡中被蒙军巡逻队抓住。山本不吐露一个字，被活活剥皮而死。苏军让间宫选择，要么挨枪子儿，要么自己跳下枯井里等死，间宫选择了后者。在枯井里经历了奇妙的体验，三天后被具有预知能力的本田救出来。

间宫从战场回来后当了高中教师，村上春树的父亲也是教师，当年在京都大学读研究生时被征兵，上过中国战场。他曾跟儿子讲过在中国的经历，极为凄惨，村上听了，竟致不能吃中国菜。小时候，父亲早饭前必在佛龛前长时间祈祷，说是为了死在战场上的人。父亲的影响非常大，但村上和父亲关系不好，甚至可能是他不愿要孩子的原因。

村上小说是一种穿越小说，真真假假，结果给历史涂上了迷彩。读来吸引人，却不大明白他到底要说什么。当然，也可能本来就没想说什么，话里无话。好在他爱写随笔，小说里没有说明白的那些事，看他的随笔就大都明白了。

出版了《发条鸟年代记》第一部和第二部，一家杂志问村上去不去实地看看，正好他早就想去，当即答应了。去参观诺门罕战役遗迹是1994年6月，回来后续写第三部。

当然拍了照,只见他掐腰站在锈蚀的坦克上,帽子倒扣在脑后。他好像很喜欢这么戴帽子,六十多岁在京都搞公开采访,也是这模样。小学时知道了诺门罕战役,旧坦克的图片给他留下印象。令他惊讶的是,战争的痕迹几乎还保持着当年的样子。在那里吃羊肉,喝白酒,有生以来第一次醉得不省人事。醒后才知道那白酒有六十五度,比日本的清酒高四十度,此后一个来月都不想喝酒。

他写了一篇随笔《诺门罕的铁墓地》,说他在普林斯顿大学图书馆读了几本关于诺门罕战役的书,头脑里渐渐较为鲜明地浮现了那场战役的状况,以致能模模糊糊地把握自己被强烈地吸引的原因,因为这场战役的发生在某种意义上"太日本式,日本人式"。

"越查资料越对当时帝国陆军的运作系统之粗糙与愚蠢几乎无话可说。"村上的这句话和司马辽太郎说的差不多,他们对那场战争的感受和认识大致相同,而且都看到这种"日本式"仍然在日本现实中发挥作用。村上近乎愤怒地说:"我们相信活在日本这个和平的'民主国家',人的基本权利被保证,真是这样吗?

从表面剥去一层皮，那么，那里不是还一脉相承地活着和以前同样封闭的国家组织和理念吗？我读了很多有关诺门罕战役的书籍，大概一直感觉的是这样的恐怖，即：我们不是离这场五十五年前的小小的战争没多远吗？我们承受的某种很厉害的封闭性会不会什么时候又以猛烈之势向哪里喷出过剩的压力？"

这恐怕是我们中国人全然感受不到、认识不到的，我们总在夸日本的有序，而看不出日本式有序底下的无序。

村上在诺门罕感慨，说："似乎越往远处去，我们在那里发现的越只是我们自身。狼、臼炮弹、停电的昏暗中的战争博物馆，最终都只是我们自身的一部分，它们在那里静静地等着被我发现。至少我决不会忘记它们在那里、曾经在那里。不忘记，此外恐怕我什么也不能做。"

村上一脸的无奈。他的小说基本路数是失去什么，寻找，找到又失去，总是白忙活一场。东京大学教授小森阳一批评：村上的文本策略是闪现历史记忆，然后归因于无可奈何，从而抹掉记忆，轻松地获得解脱。

村上文体

朋友拿出一段话,说是我写的,对于内容我毫无记忆了,但文字的拼凑还是一眼就认得,像狗一路撒的尿。这就是文体。

村上春树说:"我不大意识日语的日语性。常有人说日语美,但我宁可把它当作工具写故事。想用非常简单的语言讲非常复杂的故事,这就是我的目标。"

这就是村上的文体。

日本读者对村上文学的感受是:深受美国小说影响,简直像翻译,那种叙事腔调足以使读者的精神"肌肉"松弛。

文体,也就是文章的形体,是一个人作文的风格,甚至是瘤癖,如同我们听人说话能听出来是谁一样。看一篇文章,能看出是鲁迅写的,那就是他的文体。

也有很大众的文体,安能辨它是雌雄。商品说明书、合同、广告、论文等各有文体,这些都属于另外的文体分类,我们只关心小说家文体。

哲学家梅原猛说过:三岛由纪夫的小说"是用绚丽的美文写的,如同锦绣"。三岛的文体好似哥特式建筑或装饰画,如今年轻人不爱读,村上春树从"生理上"接受不了三岛。村上写的也是美文。美文各式各样,不单有华丽繁富,简单也是一种美。

村上文体有人喜爱,有人讨厌。好像评论家里一脸不屑的人比较多,例如有个叫浅田彰的,鄙视村上文体的贫乏劲儿。还有个叫渡边直已的,说村上把想说的藏起来,是一种欺骗文体。

1979年,村上春树以长篇小说《听风的歌》获得群像新人文学奖,由此出道。当时慧眼识村上的伯乐是文艺评论家丸谷才一,他大力推举说:"这个小说是在现代美国小说的强烈影响下搞出来的。库尔特·冯内古特啦,理查德·布劳提根啦,作者非常热心地学习那类风格。那种学法不得了,没有相当的才能不可能学到这个地步。"

入围芥川奖,多数评委不看好,老作家泷井孝作批评：好像外国翻译小说读得太多了，有一股子追求时尚的黄油味。

大江健三郎向来不看好村上春树。他曾和2017年获得诺贝尔文学奖的日裔英国作家石黑一雄在报纸上来回写信，说到村上春树在纽约有人气的理由：

"村上春树是用日语写作的小说家，然而，他的作品不能断定是真正的日语。翻译成美语，就能在纽约没有违和感地阅读。村上春树那样的文学类型大概不是日语文学，也不是英语文学。不过，一个年轻的日本作家在美国被大读是不争的事实。我认为这对于日本文化是一个好兆头。他做了我、三岛由纪夫、安部公房做不到的事情。"

有个叫向井敏的书评家，跟丸谷才一同党，他说：村上的文章"干净、通透，以前的日语文章中几乎不曾发现过这类文章。假如我不知道这个短篇的作者，即便说主人公'咱'就是菲力普·马洛也可能相信"。

菲力普·马洛是美国推理小说家钱德勒创作的侦探。遮住名字，便以为是别人写的，只能表明村上春树模仿得惟妙惟肖罢了。模仿本来是日本人的看家本事，日本近代文学由模仿欧美文学起步，发展到当代，还要靠模仿美国文学来发展,也未免可怜。

总之,夸也好,贬也好,大家都认为村上文体是从美国小说学来的,满纸外国味儿。村上是用日语写全球流行文化的"美国文学"的作家。日本文化在世界上的形象,浮世绘和川端康成是传统的,而动漫和村上春树所代表的亚文化文学被世界接受,背景在于世界的全球化,也就是均一化。

那么,我们把村上小说翻译成中文,也应该译出一股子外国味儿吗?这就是翻译的文体问题。

老话说,有比较才能鉴别,有鉴别,有斗争,才能发展。但翻译有版权的游戏规则,限制了比较与鉴别,以及斗争,也就是批评与反批评。这也是一个作家甚至会被一个译者垄断的原因。不过,我们有海峡两岸,一个用简化字,一个用繁体字,分头卖版权,一鱼两吃,吃亏的当然是两岸一家人。但坏事变好事,时常会出现两种译本,给了我们比较译本的机会,有助于提高翻译质量。村上的小说可能全都有繁简两种译本。短篇小说集《没有女人的男人们》收入了七个短篇,由六位译者迻译,有点像译文竞赛,提供了一个认识村上文体的机会。而且不止于这六位,台湾地区还有一位老翻译家赖明珠执笔翻译。20世纪80年代我编辑《日本文学》杂志时最初读村上，读的就是赖明珠译本。如果七种译文的风格差不多，无疑那就是村上的文体，若是琳琅满目，色彩纷呈，恐怕就让人费寻思，到底谁无限地接近村上文体呢？

　　傅雷的时代不用购买翻译权，说傅雷译得好，大概是和其他人的翻译比较出来的，但现在受版权限制，只许某个人翻译，大多数时候都无从比较，说好说坏都是它。翻译好与坏，读者有读者的标准，翻译界有翻译界的标准。不仅有忠实于原作的问题，还有转换成另一种语言的读者接受问题。读者的爱读能造成风行，当他们谈论文体时，他们往往是在谈论译者的文体。实际上最欺骗读者的译文往往是文从字顺，还带有中国人熟悉并喜欢的文字之美。对此，鲁迅主张"宁信而不顺"。

　　鲁迅说过这样的话：日本语实在比中国语更优婉，而作者又能捉住它的美点和特长，所以使我很觉得失去了传达的能力，于是搁置不动。可见，鲁迅重视把原文的文体译出来，绝不像当今某些译者，自以为能力无边，拿过来原文就一泻千里地译下去，根本不考虑原文有什么文体。

我们不能把村上翻译成外国味,甚至不能有翻译腔,因为读者不会认为那是村上的文体,反而怀疑没译好。这样一来,村上的文体只剩下简单。村上本人也说过,他写的是故事(日本叫"物语"),很容易翻译。这种简单却有点让中国的译者无用武之地,因为中文通常是讲究辞藻,讲究变化的。村上的那种简单,尤其是简单之下的心态和腔调,翻译起来有点难。犹如把俳句翻译成中国的诗,几乎都不得不采取加法,添枝加叶或者添油加醋,字数先就繁缛了。翻译是解释,甚至是批评,当译者用自己的语言来表达自己的理解乃至见解时就可能已偏离了原文。一种语言妙就妙在不可译之处,非神来之笔不办。中国也有文体简单的文学家,虽然与日本的简单不尽相同,但只有给村上涂脂抹粉才得到中国读者赏识,译者的本事也就大打折扣。

书名也有文体,而且可能最突出地表现全书的文体。过去有人翻译了美国小说家钱德勒的《漫长的告别》,村上重译,用假名音译了书名,这是当今流行的法子,意思是原文的,且原汁原味。如果我们用"字译"的法子，照搬日本的汉字，望文生义，往往意思就走样。例如武士小说家藤泽周平的长篇小说《蝉时雨》，中国人看见这三字很是有美感，却怎么也想不到它是蝉噪如雨的意思。

标题可以文绉绉，也可以口语化，"让子弹飞"那样的。《听风的歌》译作"且听风吟"，似不大符合村上原题的文体。村上另一部小说《围绕羊的冒险》被译作"寻羊冒险记"，天真烂漫的读者可能很喜欢这个像西方童话的书名，可书里的小标题接二连三用"围绕羊"，书名译雅了，却破坏了村上的初心。这个标题还变成典故，村上春树和川本三郎合著了一本《围绕电影的冒险》，总不能译作"寻电影冒险记"吧。

一位村上的英译者说，他的翻译百分之百是他自己遣词造句，大概指译文的文体。译者不会是模仿秀的达人，要求译谁像谁不近情理，基本上只能以不变对万变。村上红遍世界，不是哪一个译者使然，倒是各国译者都沾了他的光。

村上物语

莫言于2012年10月11日获得诺贝尔文学奖,只隔了一天,日本有位叫丸谷才一的文艺评论家去世(2012年10月13日)。对于村上春树来说,他堪称伯乐。村上外游归来,立马去吊唁,丸谷之子给他看一篇父亲写的东西,原来是热烈祝贺村上获N奖。世上多年来一年一度闹腾村上有望得诺奖,至今尚未如愿——村上本人说本非所愿。不过,哪天村上得个N奖也不是出人意料的事,想来他不会因为正义的迟到而拒之不受,那时以丸谷才一的余威,这篇祝词依旧用得上。

举世瞩目,农民的儿子莫言穿上黑色燕尾服到斯德哥尔摩领奖,也讲演,题为"讲故事的人"。他说:"我是一个讲故事的人。因为讲故事我获得了诺贝尔文学奖。我获奖后发生了很多精彩的故事,这些故事,让我坚信真理和正义是存在的。"忽而想,村上春树一旦得了N奖即诺奖,会发表怎样的演说呢?或许他要说"我是一个讲物语的人"。2005年他为瑞士圣加仑修道院图书馆的纪念册作序,写道:"小说家,最基本的定义就是讲物语的人。""写小说,无非在头脑里随意、自由地创作物语。"日本发生东日本大震灾后,2018年村上在纽约发言:不是为国家,而是为遭受灾难的人们,"我能做的是创作好的物语"。

莫言写故事,我们叫小说,村上写物语,日本也叫它小说,同样是近代从西方拿来的文学样式,按照最简单的算法,物语等于故事。英语 narrative,中国译作叙述,日本译作物语。narratology,中国译作叙事学,日本译作物语论,定义为研究物语及叙述的技术与构造的学问。物,这个词在日语里很有点万能,除了物语,还有个物哀,让我们觉得神秘兮兮。物语本来的意思是关于事物的叙述,例如《源氏物语》等古代的物语,叙述循时间展开的事情。小说、电影、漫画等都是物语的形式。

英语的 story,我们译作故事,而日本词典里译作物语,但当作外来语,用起来还是与物语有区别。作为当代日本作家,大概小川洋子在世界上的名气接近村上春树，她说：story是自然发生的，莫如说自己要写还没写的物语已经有story。story不是作家考虑的东西，实际上已有，不错失地抓住它，是作家的任务。譬如人们碰上很不好接受的困难现实时，大都无意识地让那个现实各种各样地变形，以合乎自己的心态，想方设法地接受，这就已经在制作一个物语。

1979年村上发表第一部小说《听风的歌》，自以为"是镶嵌碎片的小说，没有可说的情节"，以后再写需要有故事（story）。1982年出版《围绕羊的冒险》虽然还是碎，但有了一个明确的物语。起初谈自己的作品，他用的是外来语storytelling（讲故事），后改用物语。"极简地说，战败后文学是前卫与写实主义的对立。写实主义中有马克思主义的写实，有私小说的写实，但根本上没有多大的变化。与之对抗、拒绝写实主义的是前卫派理性小说，后来被吸收为后现代主义。哪个阵营都不是特别看重'物语'。日本战败后，仅仅对于我来说，文学读了能觉得真有趣的不大有。"他写的是现代物语，和以前他在日本小说中、文学中读的物语大不相同，和所谓近代、夏目漱石以来小说的物语性大不相同。在他看来，夏目漱石的文体乃至三岛由纪夫所使用的既成文学语言已然过时,需要重建日语。夏目漱石最强烈地把近代自我带入日本文学,描写自我和外部世界的摩擦或冲突,使日本小说的物语形成了一个模式,村上借力于模仿美国文学,突破这个被固化的近代物语系统。他说:"我的文章基本上就是现实主义,而物语基本上属于非现实主义。所以,这样的分离一开始就作为前提历然存在。要好好用现实主义的文体,展开非现实的物语,这是我的目标。"

村上依稀记得美国电影《布鲁克林有棵树》,银幕上老师对十二岁的女孩儿说:为传达真实,有非说不可的谎言。那不是谎言,被叫作物语。女孩儿听了,决心当作家。她就是贝蒂·史密斯,写了这部自传体小说,被伊利亚·卡赞搬上银幕。村上议论道:在古代,神话的物语有紧贴生活实际的东西。当时人们的上层意识和下层意识尚不能清楚地区分,但是在现代,它大体被分裂为"神话性"和"物语性"两种形式。如果努力的话,我们还能降到地下,进入"神话性"和"物语性"融合为一的世界,而且能够把这个世界的状态转换成小说这种形式。被叫作小说家的人能这样把"传达真实所必需的谎言"结构成现实。

和河合隼雄对谈，1996年结集为《村上春树，去见河合隼雄》，村上对这位当过文化厅长官的心理学家说：他用物语一词谈话时，充分理解其意义的，也就是河合先生。河合先生能在非常深刻的水准上把握物语对于我们的灵魂来说具有多么强的治愈力，同时又是多么危险的东西。那么，村上言必称物语的物语到底是什么呢？其他作家也使用物语一词，不过是当作普通的用语，而村上则要把他用比喻不厌其烦的轻快文体所承载的物语抽象化，打造成一种理念。2019年10月村上获得意大利的一个奖，发表感言："小说，也就是讲物语，它的起源要上溯到遥远的从前，人类住在洞窟的古代。黑暗笼罩大地，人们躲进洞窟里，燃起一小堆篝火，有谁讲起了物语。物语使人忘记了恐怖、饥饿。讲述者看着大家的反应，一点点改变物语的流动。大概全世界的洞窟里都做过同样的事情。过了多少个世纪，形成了小说这个表现方法。现在很多人用数字屏幕读小说。但小说讲的物语，本质上和在洞窟的篝火周围讲的物语是同样结构的东西。我们小说家就是洞窟讲物语的人的子孙。黑暗总是存在的。不论古代还是现代，都需要小小的篝火——物语，以照亮黑暗。这光明大概是唯有小说能提供的那种。"

村上不爱抛头露面,但实际上他一有机会就诠释自己的小说,像当代艺术家那样,有时也有点令人莫名其妙。将物语上溯到人类嚼树根、烤野鼠的太古洞窟,不知这洞窟与柏拉图的洞窟之喻有无关联,或许这就是莫言说的:"在那些岁月里,每到夜晚,村子里便一片漆黑,黑得伸手不见五指。为了度过漫漫长夜,老人们便给孩子们讲述妖精和鬼怪的故事","鬼怪故事和童话,饱含着人对未知世界的敬畏和对美好生活的向往,也包含着文学和艺术的种子"。

度过漫长而黑暗的夜,交换物语是洞窟生活不可欠缺的娱乐。洞窟物语是口头讲述,在没有传播手段的时候必须面对面,众人围坐在讲述者周围。用语言写的小说是变成了书本的物语,失去了声音,不再是洞窟里的共同创作。莫言说他讲故事,似乎意味其作品反映现实,而村上来了个后空翻,翻过小说的近代,也翻过了上田秋成们的近世,落脚在原始的洞窟里,探求物语的根源——"物语就是在人的灵魂深处的东西,应该在人的灵魂深处的东西。正因为在灵魂最深的地方,所以它能在根源上把人和人连在一起。我为了写小说，平常总下到那个很深的场所。"

物语有善有恶，奥姆真理教麻原彰晃提供的物语是邪恶物语的典型。作家要创作善的开放性物语。村上为圣加仑修道院图书馆撰写的文章收在《杂文集》里，题为"物语的善循环"。那么，"物语的'善性'根据是什么呢？总而言之，就是历史之重。人从几万年前在洞窟中讲下来的物语、神话这些东西仍然在我们身上继续。这是'善物语'的土壤，是基础，乃健全的重量。我们必须信赖它，信任它。它是具有能承受漫长时间的强度与重量的物语。它牢牢连结到遥远过去的洞窟之中"。

莫言说："今后的岁月里，我将继续讲我的故事。"

村上说："我写的物语"——也就是故事，"哪怕很微弱，若能照亮世界各处的洞窟角落的黑暗，而且今后也能照下去，那就是不胜之喜"。

村上春树是作家，兼着翻译家，最懂得翻译的苦衷，他说："物语强、一个劲儿进展的，好译。会话之外的文字长、有浓密描写的，难译。从结果来说，大概我写的东西属于好译的。"不过，像是给洞窟之外的读者讲洞窟的里面，要共有那种"洞窟感觉"，得跟他下到井下，或者地底。

三岛由纪夫之假面

假面的自白

读者欣赏的是作品,不必太关心作家的生平,虽然听听八卦也别有乐趣。大概这就像钱锺书说的,吃鸡蛋何必管那下蛋的老母鸡。似乎三岛由纪夫却是个例外。他代表了日本的现代作家,并率先走向世界。他的人生整个像虚构,自己传说了自己,比留在日本文学史上的作品更有趣,甚至更精彩。二十四岁时创作了一部长篇小说《假面的自白》,有这样的话:"我从小对人生就抱有的观念从未脱离奥古斯丁式的预定论轨道。无益的迷惘多次折磨我,现在也继续折磨着,但把这迷惘当作一种堕罪的诱惑,我的决定论就毫不动摇。我这辈子不安的总和是菜谱,我还不能读它时就给了我,只要戴上餐巾坐到桌前。甚至现在写这样奇特的书,也早就记在菜谱上,一开始我就看着它。"

人生事先设计好,无论长短,按部就班地活完就是了。

三岛由纪夫,这是笔名,本名叫平冈公威。名字很有点威风,大概与家庭有关,祖父和父亲都是当官的。生于1925年。日本学西方刚刚近代化,世界已经从近代向现代激变。这一年颁布《治安维持法》,对企图改变国家体制的行为严加惩处,学校开始了军训。第二年,年号大正改为昭和。他出生在东京的新宿区,四十五年后又回到新宿区切腹自杀。

三岛曾嘲笑太宰治的《斜阳》里贵族说话不贵族,志贺直哉也这样嘲笑,但是在身份制时代,平冈家属于平民。祖母出自幕府重臣家,很有点强势,三岛出生四十九天就被她强行抱到自己的房间里养育,几乎不许父母见,直到上中学。三岛被关在铁门高墙的家里,只能和祖母选定的三个女孩子玩过家家之类的游戏。美裔日本文学研究家唐纳德·金是三岛由纪夫的好友,相伴去奈良取材,三岛指着松树问那是什么树,听见蛙鸣问那是什么叫,接着有狗叫,三岛大笑,说狗叫他知道。不识草木鱼虫,但他对自然的感觉很敏锐,描写也动情。

父亲平冈梓在《犬子三岛由纪夫》一书中回忆,

三岛小时候经常从墙缝窥视邻居男孩子们玩打仗游戏，玩相扑和棒球。成名以后练拳击、健美、进兵营受训，可能并没有多么深刻的含义，不过是弥补孩提时代被禁止的东西。纠集一些年轻人组成"楯会"，也像小孩子玩打仗游戏。这位自尊自贵的祖母管教很严格，从小学就让三岛上"学习院"这所贵族学校，培养了他的贵族趣味。祖母溺爱，把他当女孩子抚养，说女性话语，身体又瘦小苍白，游泳、远足都不能参加，自不免受欺凌，造成他对于男人样貌的自卑感。

也有自己的坚持，那就是写作。三岛是早熟的天才，五岁能作文，令大人惊奇。祖母爱读书，尤其喜爱泉镜花、谷崎润一郎，熏陶了三岛的文学嗜好与倾向。母亲支持他写作，父亲却认为不走正道，把他通宵达旦写的东西以及还没有写字的稿纸统统撕碎。幸而父亲有四五年赴外地任职，十六岁的三岛写出小说《森林花盛开》。语文老师给他起了笔名"三岛由纪夫"，推荐到正式的刊物上发表，被文艺评论家赞为"日本悠久历史的神赐之子"。他天资聪明，以第一名毕业，天皇赏赐了银表，升入东京帝国大学法学系。

1945年，大学一年级，接到一张红纸，是征兵体检的通知。据父亲回忆：他带儿子回原籍所在地参加体检，卧病的母亲泪眼送行。三岛发高烧，被诊断为肺结核，不合格。父亲拉起儿子往火车站狂奔，唯恐被发现误诊，再给追回去。回到了东京，举家欢庆。体检不合格也好，听天皇宣读投降诏书也好，三岛从来都没有表情。他在小说或者回忆中从来不谈战争的悲惨。

考入法学系是父命难违，却也对法律饶有兴趣，努力学习。二十二岁（1947年）毕业，又谨遵父命考高等文官。父亲担心他故意交白卷，没想到颇尽孝道，考入最高档次的大藏省（成绩最差的分配到文部省）。三岛守规矩，当公务员时按时上下班，当作家按时交稿，参加酒筵到十一点就走人，回家写作。在银行局工作，每天加班到晚上八九点，回到家从十点写到凌晨两三点，睡三四个小时。过了大半年，早晨上班时掉下涩谷车站的站台。这个事故使严父也不敢再让他脚踩两只船，三岛辞去大藏省的工作，专事写作。

太宰治写完《人间失格》，1948年6月和情人投河自杀。一年后（1949年）三岛由纪夫出版长篇小说《假面的自白》。开头是这样一句："好久我都坚持说看见过自己出生时的情景。"三岛的"自白"是受了太宰治"失格"的启发，都是写自身作为人被否定，被社会抹杀。太宰写《人间失格》是三十九岁临死之前，最后撕下了假面，而三岛二十四岁写《假面的自白》，凝视自己，剖析自己，告白于天下，此后却戴上假面。很多作家都爱写小时候，三岛几乎除了这个突变似的《假面的自白》之外，总是把文学和私生活截然分开。他认为，把自己的日常姿态亮给读者是亵渎文学的尊严。他改变自己的文弱形象，变成忧国之士，出影集，拍电影，给人看的是假面假象，好像总在说：我像个男人吧。活自己，有时也就是活给人看。看破三岛由纪夫的是留学过法国的作家远藤周作，他说："三岛由纪夫做健美，向往的也是基于西欧人的人体美。"

太宰治晚年，1947年元月，一群文学青年弄到了几瓶当时很难得的清酒，招待他和一位文艺评论家，三岛由纪夫也在其间，但他不喝酒。突然，三岛对太宰治说：我讨厌你的文学，非常讨厌。太宰治正喝在兴头儿，愣了一下，说：既然你来了，那就还是喜欢吧。这两个人都是看人脸色长大的，性格懦弱。三岛从太宰治身上看见了自己，正是他嫌弃的，所以对太宰治大为反感。太宰治把弱者装到了极致,而三岛漂亮地演出强者,他不会服毒,也不会投河,那样死有损形象。

三岛三十七岁在随笔《何谓纯文学》中写道:"人,到了四十岁,美丽地死去的梦想就已经无望,不论怎么死都只是丑恶。那就只好死乞白赖地活下去。"大概从四十岁前后他开始具体地考虑怎么死,也就是被他解说过的《叶隐》一书所言,"武士道就是发现死"。三岛又写道:"四十二岁这个年龄,我想还勉强赶得上英雄的年龄线。西乡隆盛五十岁作为英雄死去,最近去熊本调查神风连,感动的是发现加屋霁坚那个看上去往往被当作青年暴举的动乱领导人之一,在我这个年龄实现了壮烈的死。我现在还赶得上英雄的最终年龄。"话说得明明白白,但人们总是自以为是地猜测、探究他"真正的死因"。

1970年11月25日,三岛由纪夫率领四名楯会成员高唱战歌,驱车到位于新宿区的自卫队驻地。掐腰站在阳台上演说,招来嘘声,匆匆三呼了天皇万岁,回屋里切腹。把短刀刺进肚子左边,刀刃往右边拉,当初设计这时用流出来的血写一个"武"字,但因为自卫队不响应号召，令他沮丧，临时取消了这个环节。"至上的肉体痛苦"是可以想象的，而"至上的肉体愉悦"就只有三岛本人知道了。在一旁帮忙砍头的人砍了三四刀才总算把三岛的脑袋砍落在地，"至福的到来"很有点缓慢。人生的最后表演出现了败笔。享年四十五岁，比他说过的四十七岁提前了两年。

昭和文学史上有三位文学家的自杀好似时代里程碑，他们是1927年自杀的芥川龙之介，1948年自杀的太宰治，1970年自杀的三岛由纪夫。关于三岛的死，生前交好的文艺评论家奥野健男认为："三岛是为了自己的文艺之道而死，绝不是为了政治，更不是为了自卫队。"作家大冈升平说：三岛的作品被付诸行动。司马辽太郎说：三岛的死不是政治论的，而是文学论的。如果切腹也算是一种传统文化，确实借三岛之名传扬世界。不过，他的死法总让人想到行为艺术，甚至小孩子游戏，怎么也严肃不起来。

金阁寺

旅游京都,看看金阁寺那是必须的。观光的寺庙,它排名仅次于清水寺。金阁寺的正式名称是鹿苑寺,属于临济宗。寺内有一座三层楼阁,底层未加涂饰,木材本色,上面两层里外贴金箔,叫金阁,寺庙也借以扬名,被叫成金阁寺。金阁小巧玲珑,坐落在镜湖池畔,绿树映衬,恍如悬浮空中,又倒影水里,煞是好看。游客们忙着照相,把自己强加给美景。金阁寺从日本海军对清军开战的1894年开始卖门票,但现在的金阁是1955年重建的,算不上古迹,不属于国宝。1987年大修,重新贴了金,所以才这般金"壁"辉煌。

金阁寺本来是室町幕府第三代将军足利义满的府邸,他死后改为禅寺。这座金阁始建于1398年,几经劫难,五百年后的1950年7月2日拂晓起火,烧得只剩下框架。足利义满的木像、经卷等文物也化为灰烬，只有阁顶上的铜凤凰偏巧被取下来，幸免于难。划一根火柴点燃金阁的，是二十一岁的和尚林养贤。然后他走进寺庙背后的山里，服下安眠药。傍晚被找到，身上有一把小刀，貌似还打算切腹。

司马辽太郎那时是产经新闻社记者，写了报道，说林养贤用自嘲的口吻对警察说：确实是我干的，留着金阁寺也没有意义。并且说记者是一群好事之徒。

这就是烧毁金阁事件。

谁都不禁要问为什么，纵火的动机是什么？警察也追究动机，林养贤供述了几点。首先是对于美的反感，干脆一把火烧了它。再是我们生活苦，可每天有几百人来金阁寺游玩，看着就来气。觉得自己很卑贱，有时又觉得自己不比英雄差。烧了金阁当然要负责，但报复社会，不觉得干了坏事。最后想上断头台。

罪犯林养贤出生在日本海边上的穷乡，比三岛由纪夫小四岁。父亲是村里小庙的住持，考虑儿子的前途，托金阁寺住持收他为徒。林养贤十五岁剃度。寺里供他上学，大学上的是大谷大学，学习中国语言。父亲病故，母亲对儿子期许过高，指望他当上金阁寺的住持。发生纵火案,寡母被警察传唤,回家的途中从火车的车厢连接处跳下溪谷。林养贤被判刑七年。

文艺评论家小林秀雄当即写了一篇评论似的文章《烧毁金阁》,说他在金阁寺目睹:践踏青苔追赶女人的绅士,攀登赤松对下面的照相机摆姿势的女性,捡石子练习投掷往水池里扔的学生。管理人嘶哑着嗓子怒吼,但寡不敌众。纵火犯不过是这些疯狂的人之一。作家坂口安吾说,他看过金阁、银阁,完全无动于衷,烧了也就烧了。他以前也说过:"法隆寺、平等院都烧了也无所谓。需要的话,可以拆掉法隆寺建停车场。我民族光辉的文化和传统绝不会因此而灭亡。"

警察从罪犯身上追究犯罪的动机,作家则自主深思或构思犯人的动机,看谁能别出心裁。三岛由纪夫用这个素材创作了长篇小说《金阁寺》,主题基于林养贤的供述,"对于美的嫉妒"。小说的看点在作家如何围绕这个主题编故事。1956年林养贤病故,报纸正连载《金阁寺》。前一年金阁复原竣工,林养贤不想看照片,说是没意思。

文学界对《金阁寺》齐声叫好,评价为三岛文学的金字塔,现代日本文学的杰作之一。这部小说使三岛成为名副其实的日本文学代表性作家，发言也有了权威性。《金阁寺》的写法比较像《假面的自白》，也是主人公回顾自己的过去，第一句写道："从小父亲经常给我讲金阁。"父亲在他的心里烙印了"世上没有比金阁更美的东西"，可是这位父亲不善于言辞，从未描述过金阁到底怎么美，如同我们从小听说鬼神，不知道长什么样。所谓美，完全是主人公沟口，也就是林养贤，心里的幻影。他生来口吃，不能很好地表达意思和感情，被周围的一切疏远，默默在心里形成了一个莫须有的矛盾，那就是"如果美确实在那里存在，那么，我这个存在就是被美忽视的"。为此他感到不满与焦躁。跟父亲来到京都，第一次看见金阁，大失所望：美，是这么不好看的吗？空想的金阁和现实的金阁相撞，今后的问题就是在两个金阁之间挣扎。

"梦想所培育的东西一旦经现实修正，反而变得刺激梦想。"但梦想的金阁无论怎样被修正，也无法和现实的金阁重合在一起。对于沟口来说，金阁压根儿是"一个观念"。朋友帮沟口找女人，但眼前总是出现金阁的幻影，使他做不成事。美的象征变成人生的障碍，焉能不恨起金阁来，遭难的便是现实的金阁。沟口对金阁大喊："早晚一定左右你，不要再来打扰我，早晚一定把你变成我的！"小说几乎没描写值得放一把火的金阁之美，感受不到非烧了它不可的必然性。美是永恒的，而人生只有一次，要想把两者结合，大概在三岛看来，就只有同归于尽。芥川龙之介、谷崎润一郎都写过与美同归于尽的故事，不知该算作日本的民族性，还是美的意识。沟口最后没有像武士那样找死，纵火后跑上山顶，坐下来遥望熊熊火焰。从口袋里掏出小刀和安眠药瓶丢进谷底。"另一个口袋里的烟草碰到手。我吸了烟草。像做完一件工作抽一根的人经常那么想的，要活着，我想。"

其实，三岛由纪夫本人不认为旧金阁多么美。他说过："我反倒喜爱新建的、人们毁谤像电影布景的、过于富丽堂皇的金阁，认为那才有室町时代的审美，有义满将军的恍惚。才和能剧服装的设计协调。遗憾我只在明信片上见过雪天的现金阁，一定很美吧。我对沐浴夏日夕晖的、带有一种倦怠的美感动。"或许作者的新金阁形象于是被导入小说中的旧金阁形象。

上大学时三岛和同学去海边，大家光着膀子合影，唯有他宁死不脱长袖衬衣。《太阳与铁》写道：少年时代"敌视太阳是唯一的反时代精神"。从1955年开始练健美，改造自己的肉体，"行为"或者"行动"成为他思索的课题。"改变世界的是行为"，火烧金阁也是把对于美的反感付诸行动。

从社会派推理小说转向纯文学的水上勉读了三岛由纪夫的《金阁寺》，觉得哪里不对劲儿，不是那么回事。水上比三岛早生六年，他的《越前竹人形》被谷崎润一郎赞为"日本最高水准的作品"是1963年，而三岛的《烟草》得到川端康成赏识是1946年。三岛1970年自杀，水上活到2004年，享年八十有五，以致在人们的印象中，水上勉是当代的，而三岛由纪夫是过去时代的人。

水上勉的身世和三岛由纪夫全然不同，他和林养贤同乡，同样出身贫寒，同样少年出家，而且他当教师时遇见过这个"口吃少年"。三岛那种出身的作家不可能理解林养贤。纵火的理由是对于当和尚的绝望，还俗也没有活下去的自信。烧了金阁，让腐败的住持们捞不到钱，就只能过清规戒律的生活。林养贤确实说过"对金阁的美很反感"之类的话，但那都不过是说说罢了。恐怕是先有想死的心情，结果连累了金阁。

金阁事件过去六年，1956年三岛发表《金阁寺》，又过去六年，1962年水上出版《五番町夕雾楼》。五番町是京都的花街柳巷，贫寒的乡村姑娘夕子为了一家人活命，把自己卖到夕雾楼为娼，被老嫖客甚造捧红。夕子在家乡有恋人，是年轻的和尚正顺。看见高僧们挥霍信徒的供养，正顺对修行绝望。甚造想要夕子为妾，密告正顺逛窑子。某日正顺跟住持发生冲突，一怒之下放火烧庙，被捕后自杀。夕子得知，也回到家乡自杀。

对于主人公，三岛是冷漠地描写和分析，而水上投入感情，如同写自己。水上写情，三岛写的是理。有人问：三岛由纪夫和村上春树哪个在文学史上留名更长久？与村上同代的评论家松本健一回答：村上作品里没有战争、革命、民族命运之类的"大故事"，主流是城市里活得很孤独的年轻人想要和他人构成关系的男女之爱的"小故事"。三岛用《金阁寺》等作品追究一个人为美的观念殉死，与世界对峙，这种思想在世界上今后仍将是文学的主题。

丰饶的海

三岛由纪夫昨日打电话约定,月刊杂志《新潮》编辑部女编辑今天到他家取稿子。女编辑迟到十分钟,三岛出门了,女佣把稿子交给她。回到编辑部拆封,是《丰饶的海》第四部《天人五衰》的二十六章到三十章,比以往交稿量多两三倍。最后一页上写着:"《丰饶的海》完。昭和四十五年十一月二十五日",也就是公元1970年11月25日。这时候,三岛已率人在自卫队驻地将东部方面总监绑在椅子上。一场乱斗,八名自卫队队员受伤。自卫队接受三岛们的书面要求,用广播召集上千名队员听三岛演说。他号召自卫队哗变,没有人理睬,闹剧便拉开最后一幕:切腹自杀。谁也没想到三岛由纪夫玩了这么一手,不仅震撼日本,也吓坏了世界,日本竟然还是个切腹的民族。不过,平下心来想想，三岛把苍白羸弱的身体锻炼得肌肉磊磊，恐怕也只有这种死法最相宜，投河或者衔煤气管都不够壮观。

按照三岛本人的人生设计，完成《丰饶的海》之日，即结束生命之时。1967年元旦他曾在报纸上发言："我到了四十岁也想开始做至少在地球上留下爪痕的工作，从前年着手四部的大长篇……但另一方面，每当年初，就有一种奇怪悲哀的迷惘侵扰我。该叫迷惘呢，该叫留恋呢？就是说，这个大长篇的完成，快也得五年后，那时我也四十七岁，完成它以后对华丽的英雄末路必须永远地死心。有一种不安的预感，放弃当英雄，或者放弃完成毕生事业，是不是今年就要做出这个非常艰难的决断呢。"

《丰饶的海》四部曲，三岛由纪夫称之为毕生的事业。1960年前后，那时他二十五岁，觉得自己应该开始写很长很长很长的小说，但怎么想也想不出来，那种与19世纪以来西欧的大长篇不一样，而且有截然不同的存在理由的大长篇。首先，他厌烦过分地遵循时间的编年史似的长篇。想要时间在哪里飞跃，个别的时间构成个别的故事，整体则形成很大的圆环。他要写当小说家以来一直考虑的"解释世界"的小说。所幸他是日本人,所幸他身边有轮回的思想。

第一部《春雪》的末尾有个注,云:"《丰饶的海》是以《滨松中纳言物语》为典据的梦与转生的故事,题名是一个月海的拉丁名日译。"月球表面有阴暗部分,过去以为是满满荡荡的海,这样的月海有很多,三岛把其中一个翻译成"丰饶的海"。如今日本人对"丰饶"这个词感觉陌生,通常都译作"丰海",而"丰饶的海"成为三岛小说的专有名词。

《滨松中纳言物语》是11世纪中叶成型的王朝文学,内容受《源氏物语》影响。主人公是相貌堂堂的中纳言,和继父的女儿大君相爱,却不能如愿。梦见亡父在唐国转生为太子,中纳言作为遣唐使前往唐国。大君和皇子订婚,因怀了中纳言的孩子,婚约被解除,剃发出家,生下姬君。中纳言恋上唐国的皇后,生下若君,三年后带回日本。这位皇后是唐国遣日使和日本女人所生,托中纳言给母亲捎信。母亲和别的男人生下吉野姬。唐皇后托梦,说她要转生为吉野姬的儿子。这个爱情似的故事以中国和日本为舞台托生来托生去,荒诞无稽。

1964年春天三岛的高中老师校注出版《滨松中纳言物语》,他读了几遍,恍然找到了解释世界的门径,那就是轮回转生。轮来转去,《丰饶的海》就构思了四部之多。时代背景从日本打败俄国海军的明治末年,到他自杀前的20世纪60年代。一个叫本多繁邦的人物贯穿四部曲,作为轮回转生的见证人,十八岁登场,最后出场时已经是八十老翁。按照阿Q的观点,二十年后又是一个轮回,四部小说所描述的六十年里人物轮回了三次。怎么认证转生呢?是三个黑痣。轮回的证据是身上长的痣,这让人想起珑泽马琴的《南总里见八犬传》,犬和女人结婚,其精神结合化为八块白玉凌空飞去,分别生为人子,身上都有一个痣。《春雪》主人公松枝清显二十岁死去,第二部《奔马》里本多看见主人公饭沼勋身上有三个黑痣,确信是松枝转世。饭沼如奔马,理想是"兴起昭和神风连",刺杀了财界黑手藏原武介,二十岁切腹而死。第三部《晓寺》,本多发现波斯公主月光姬的肚子上有三个黑痣,认定她是饭沼勋转世。第四部《天人五衰》的十六岁少年安永透也是肚子上有三个黑痣。三岛对时间和空间有不同的感觉,他给川端康成写信道:"觉得时间一滴一滴像葡萄酒一样可贵,但是对空间事物几乎毫无兴趣。"三岛关心的是时间,事物在空间中随时间延续、变化、消亡,但轮回转生使生命具有连续性,这种连续的生命超越了血脉相承,以至无穷,可是,某一个生命的变换延续,其意义究竟在哪里呢?

《春雪》是偷情小说。松枝清显十八岁,绫仓聪子二十岁,他们是青梅竹马。聪子和皇族订婚,也得到天皇许可。就要下聘礼了,松枝还继续和她私通,事关天皇家,大逆不道。绫仓家是贵族,松枝家也凭着明治维新的武功被授予侯爵。聪子怀孕,婚约被解除。小说中写道:"要说什么给清显带来了欢喜,那就是不可能这个观念。绝对不可能。"干一桩看似绝对不可能的事情,成功即死,这正是三岛所追求的至上之美。聪子堕胎,削发出家。清显到月修寺找她,坚拒不见。清显在雪中等待,患上肺炎,死前对本多说:"还要再见哟。一定会再见,在瀑布之下。"清显死去十八年后,本多在三光瀑布遇见十八岁的右翼青年饭沼勋。

三岛由纪夫这样解说《丰饶的海》:"一个个主人公度过绝对的、一次的人生,最终溶化在唯识论哲学的巨大的相对主义之中,都进入涅槃。"第三卷《晓寺》描写印度的贝拿勒斯,生硬地解说唯识论的阿赖耶识,小说也不好读了。三岛本人信不信轮回转生呢?应该是信的。被他从历史的垃圾堆里捡回来的武士道就是发现死,或者活着就是等待该死的那一天。三岛从轮回转生中发现死,死是为了新生。他说过:"在我的难以疗愈的观念中,老年永远丑陋,青年永远美丽。老年的智慧永远迷茫,青年的行动永远透彻。所以越活越变坏,人生就是倒栽葱的颓败。"轮回转生是三岛赴死的思想支撑和精神慰藉。

三岛曾构思《春雪》是王朝式恋爱小说,《奔马》是激越的行动小说,《晓寺》是异国情调的心理小说,《天人五衰》是大量采用相关现象的追踪小说。而且用各种文体来写,《春雪》故意用非常装饰性的文体,《奔马》尽量用雄劲的文体,《晓寺》用色彩斑斓的文体。日本小说常给人以主题先行的感觉,读《丰饶的海》尤其如此。三岛曾自道,小说处于现实的延长线上最为理想,但他的小说都是编的,结构过于戏剧化。好似把身体练得那般健美,三岛文学太过人工化,甚而令人生厌。江藤淳、莲实重彦等文艺评论家批评《金阁寺》《丰饶的海》之类纯文学作品的文学价值等于零。

写着《丰饶的海》,1967年三岛托关系进自卫队军训一个半月,1968年纠集近百人成立"楯会",像一个民兵连,发给夏冬两套制服,设计者是给戴高乐设计过军服的日本人五十岚九十九,费用由三岛自掏腰包,基本是稿费。他不要赞助,要保持楯会运动和他的文学素质之间的平衡,一旦失衡,要么楯会堕落为艺术家的消遣,要么他变成政治家。

三岛把作为小说家修炼的东西全都加进《丰饶的海》,相当有自信,但长期连载时没有任何人予以评论,令他大为不快。他留下创作笔记,如果按笔记上的构思来写,那会是另一个"丰饶的海"。可能社会变化出乎意料,只好改变了原来的思路。有些人研究他为什么选定11月25日搁笔自杀,或说此日是他起笔写《假面的自白》的日子,或说此日是昭和天皇摄政之日。他的死法震惊日本,但实际上大众并不清楚三岛的思想究竟是什么。司马辽太郎在翌日写道:三岛这几年频频发表政治性言论,也许有把他这次异常死亡解释为政治性死亡的危险。他的死应局限于文学论范畴,本质上和有岛武郎、芥川龙之介、太宰治相同,只是异常性最高。说到他,或许把思想这东西调换为美更容易理解。他这几年总在把天上之物的美和地上之物的政治弄成一个东西。

当时的首相是佐藤荣作,他在日记中写道:死得很漂亮,但场所和方法不可原谅。佐藤荣作是强行修改《日美安保条约》的岸信介首相的弟弟,前首相安倍晋三是岸信介的外孙。这家伙曾努力实现三岛由纪夫的理想,修改宪法,把自卫队变成国军。

太宰治之斜阳

人间失格

日本各处的图书馆里,作家研究类的架子上,研究夏目漱石的书最多,其次是关于三岛由纪夫的和太宰治的。太宰治的作品,被阅读最多的是《人间失格》,它超出文学,对读者的人生也颇有影响。绵矢梨沙是芥川奖历史上年龄最小的得主,她高中时读《人间失格》,觉得自己漠然考虑的内心问题全都被太宰治写出来了。搞笑艺人又吉直树也获得芥川奖,说自己上中学时读了《人间失格》受到冲击,因为所描写的主人公叶藏从幼年到少年的行为就是他自己面对世界时的方法。很多日本人年轻时都有过绵矢和又吉的感受。

"人间失格"四个字在中文里是什么意思呢?我向来不赞成讨汉字的便宜,把日文的汉字原封不动地搬过来就算翻译了，有点想译作"不配做人"。小说里有两句点题，是这样的："不配，做人。我已经完全算不上人了。"查了两种中译本，或译作"不复为人。我已经完全不再是个人了"。或译得挺复杂："我已丧失了人格。早已彻头彻尾不再是个一撇一捺写出的'人'了。"都没有像书名一样照搬，抹杀了太宰治点题的匠心。

《人间失格》是中篇小说，由前言、第一手记、第二手记、第三手记、后记五个部分构成。结构有技巧，特别是起首和结尾，给人留下深刻的印象。前言从三张照片的说明落笔，毫无废话，酿造出小说的情调。后记又把读者从手记中带到客观的局外人世界，从个人忏悔录一变为深奥的艺术作品。人们通常不注意自己的缺点，把自己的行为正当化，主人公叶藏只是给自己的行动做出很扭曲的解释。后记里老板娘一语道破，说叶藏是"菩萨一般的好孩子"，令读者若有所悟：叶藏说自己不配做人，倒未必是他的不正常。

叶藏的幼年、少年是按照太宰治本人的经历描写的。太宰治的很多作品都具有浓厚的自传色彩，但是当我们捉摸小说的人物是不是作家本人时，对文学的鉴赏就可能溜号了。读小说无须过度解释,作家不会有那么多的意图或暗喻。

太宰治经常把自己写得很丑陋,一副"很对不起人"的样子。其实他对自己的那张脸相当有自信。身高一米七十三,驼背。货真价实的酒鬼,能喝一大瓶(一千八百毫升),当然是清酒,度数和绍兴酒差不多。而且爱吃药,那年代吃药是文人的特征之一。1909年出生在东北的青森县津轻,太宰治文学有一种爽快的幽默,即来自东北人性格。兄弟姐妹十一个,他在男孩子当中排行老六,性格软弱,几乎讷于言,这样的性格使他志在文学。父亲当众议院议员,母亲病弱,随父亲常住东京,太宰治由姨妈抚养,对母亲几乎无记忆。他记得"马车摇晃着穿过邻村的森林,展现一片绿田的海洋,绿田的尽头耸立着我家的红色大屋顶"。太宰治和大地主家庭不融洽,但这个豪宅后来却成为他的纪念馆,并且用他的作品命名,叫作"斜阳馆"。

二十二岁(1930年)考上东京帝国大学。早在高中时读了井伏鳟二的小说《幽闭》(后来改写为《山椒鱼》),认为是天才之作,那时井伏还没有出名,来到东京后登门拜井伏为师。大学读的是法文科,但从来不去上课。每星期有一天穿上学生服出门,在学校图书馆借些书乱读,然后打瞌睡,或者打草稿,傍晚回家。一再留级,终于被学校以拖欠学费为由开除。这一年二十七岁(1935年),得了急性盲肠炎,并发腹膜炎,强求注射镇痛药过量,结果上了瘾。麻药性镇痛药的副作用是兴奋、错乱、谵妄,大概这使他产生与平常社会人完全不同的伦理观、人生观,具有反社会性。也是这一年,短篇小说《小丑之花》和上一个短篇小说《逆行》同时入围第一届芥川奖,最终候选的是《逆行》。太宰非常想获得这个奖,拿奖金买药,但评委川端康成予以否定,说作者的生活态度成问题,惹得太宰治撰文大骂川端是个大坏蛋。

《小丑之花》写的是他五年前(1930年)的情死。二十二岁的他和十九岁的咖啡女郎田边敦美在镰仓的海边喝安眠药,女方死了,他没死,这让他很有负罪感,产生了"不配做人"的情结。主人公的名字叫"叶藏",后来又充当《人间失格》主人公。虽然细节有不同,但几乎可以说《人间失格》基本是《小丑之花》的扩充加工版。

三十岁（1938年）的太宰治被恩师井伏鳟二叫到山梨县的"天下茶屋"，遥望富士山，住了六十多天。这个茶屋至今犹存，二楼复原了太宰治住过的房间，供人参观。太宰治写了《富岳百景》，用洒脱的笔触抒发对富士山的感慨，留下了一句名言："月见草跟富士很搭。"月见草初夏开花，以几何图案似的富士山为背景，凛然孤立。井伏鳟二牵线，和美知子相亲成婚。太宰治写了一纸保证书，说今后好好过日子，如果再破坏婚姻，就把他当疯子抛弃。婚后搬到东京西郊的三鹰。到1945年日本战败，这七年是太宰治人生最为安定、创作最为充实的时期。好些日本人只知太宰治的《快跑梅洛斯》，就是这时创作的。太宰治的作品带有反社会色彩，唯独这个小说当年得到文部省推荐，一直是教科书上的常客。

可能真心认为"家庭的幸福是诸恶之源"，太宰治破坏了家庭，虽然在遗书里写下"比谁都爱"妻子。有两个情人，一个叫太田静子，帮助他创作了《斜阳》；一个叫山崎富荣，照顾他创作了《人间失格》。

《人间失格》的写作从1948年的3月7日起笔，到5月12日完稿，两个多月。从5月中旬开始为大报《朝日新闻》写《古得拜》,这题目似乎有不祥之兆。太宰治倾心的芥川龙之介服毒自杀,遗作叫《某傻瓜的一生》,太宰治的《人间失格》也被看作文学性遗书。他回顾人生,不免感叹"度过了满是羞耻的一生"。这是《人间失格》"第一手记"的第一句话,竹筒倒豆子一般暴露自己的丑态,是一种清算。

作品集《晚年》是太宰治出版的第一个短篇集,时年二十八(1936年),却叫作"晚年",可见他的天然无赖性,好像倒着活,所以死是他活着的主题,随时都可能返回原点——死。收在这个集子中的《叶》里有这样的对话:"哥哥这样说:'我不认为小说无聊,只是有一点磨磨唧唧。不过是想要说一行的真实,却制造一百页的气氛。'我难以启齿,斟酌着回答;'真的,话语越短越好,要是那就能让人相信。'"这正是太宰治文学的一个原则,他擅长三言两语营造出一个生动的场面。叙述方式或腔调很特别,每个读者都觉得作家是在跟自己一个人说悄悄话,很有亲切感。

太宰治文体的一个元素是带有讽刺的幽默,不仅讽刺别人,更多的是更无情面地讽刺他自己。这样的滑稽便含有悲凄,但始终是对于社会伪善的战斗。《人间失格》也不无滑稽之处,例如烦恼的叶藏睡前吃安眠药,却没有效果,仔细一看,原来不是"催眠药",而是"催泻药",难怪跑厕所,即便是"废人",也不由得笑了。他在《正义与微笑》中说过:"没有谁给我在墓碑上镌刻这样一句吗?'他最喜欢让人快乐!'"

太宰治既不是夏目漱石那种文豪类型的作家,也不是陀思妥耶夫斯基那样用普遍的思想震撼人类灵魂的作家,但超越时代,其作品至今仍然能抓住、打动年轻人的心,魅力或者魔力在于他处处表现的"软弱"。太宰治和三岛由纪夫都是很爱装的作家,太宰装弱,三岛装强。这是他们的文学策略,也是人生策略。两个人相映成趣,也表现了日本民族的两面性。太宰治暴露自己的软弱,把软弱变成小说家的强大。他其实是一个强者。

也有人认为《人间失格》并不是成功的作品,而是被读者误读了。被称作小说之神的志贺直哉不喜欢太宰治,说他的小说装疯卖傻。太宰治死后志贺读了报纸上刊载的《人间失格》第二回,一点儿都不觉得讨厌,说:多读一些也许会发现他的好。

斜阳

太宰治的小说《人间失格》最后,作为开场和收尾的人物"我"说到这个小说的来历,那是二月的一天,"我"遇见了以前认识的街边酒吧老板娘,拿出三册笔记本和三张照片给"我"当小说的材料,虽然"我天生不能用别人硬塞的材料写东西",但读了之后觉得现代人也会对这段往事大感兴趣,而且与其我拙劣地加工,不如就这样托哪家杂志社发表好了。

这当然是小说之中的小说家言,但实际上,真有人给过太宰治写小说的材料,那就是太田静子,她把自己的日记了太宰治,太宰治就写出《斜阳》这部日本文学史上的名作。

太田静子出生在滋贺县的行医世家,二十一岁出版短歌集《冬天的衣裳》。随家迁居东京,结婚生子,夭折后离婚。她觉得孩子的死是由于自己不能爱丈夫，怀有负罪感。这时候读到太宰治的小说《虚构的彷徨》，深为感动。她想写小说，把自白负罪感的笔记寄给太宰治求教。太宰治回信，请她来玩。二十八岁的太田和两位朋友造访太宰治。太宰治说：你好像身体弱，不写小说为好，但今后要继续写这种日记式的东西，高兴的话，常来我家玩。这是1941年，12月日本偷袭美国珍珠港。

美军空袭，太田静子疏散到神奈川县，太宰治携眷回青森县老家津轻。战败后母亲去世，静子在困苦生活中开始回想母女相濡以沫的日子，笔记本写了四册。给太宰治去信，太宰治回信说"总在想你，为什么，奇怪，可总在想你"。太宰治的情书很一般，从没有谷崎润一郎那种热烈。时隔三年，静子终于见到太宰治，就听他说道：把你的日记给我，下次写小说要用，小说出来了给你一万日元。

太宰治到太田静子住处取日记，两人第一次同衾。住了五天，拿走静子的"斜阳日记"，已初具小说模样。太宰治在旅馆起笔《斜阳》。他和谷崎润一郎一样，创作上依赖女人，但谷崎把她们当模特观察，获得灵感，甚至倾听意见，太宰治却是让女人打下手，提供素材。成功的男人背后有女人，作家成功的背后需要有几个女人。

太宰治家是青森县的大地主，本姓岛津，因为纳税多，父亲还当上贵族院议员。太宰治死后出版的《太宰治全集》封面印了一个圆形鹤的图案，这是岛津家的家徽，全集带家徽恐怕别无二家。《斜阳》主人公和子的弟弟直治在遗书中写道："再见，姐姐，我是贵族。"直治这个人物是太宰治本人的分身。美国占领了日本，强行土改，津岛家失去了大部分土地，一下子没落。这和契诃夫的《樱桃园》内容相似，太宰治要写日本的"樱桃园"。大概读了"斜阳日记"，他把地主阶级的形象改成皇族之下、士族之上的华族，也免得被对号入座。

1947年《斜阳》出版，这是太宰治的第一本畅销作品，一跃跻身于流行作家之列。太田静子怀孕了，去找太宰治，这才知道他有了新情人山崎富荣。太宰治忙于应对编辑们，很冷淡静子。他在朋友的画室里给静子画了一幅肖像油画。和编辑送静子到车站，静子头也不回地走了，再也没见过太宰治。衣食无着，又要分娩,静子鼓起勇气写信,索取以前说定的一万日元,太宰治马上寄了来。当时公务员起薪为二千三百日元,所以一万日元不是个小数,也可见稿酬之高。静子生下女儿,派弟弟找太宰治。在山崎富荣的住处,太宰治用毛笔写了一纸证明,意思是"太田治子是我的可爱的孩子,祝愿她以父亲为骄傲,健康成长"。太宰治本名叫修治,用"治"字给孩子取名,表示承认。《斜阳》中和子说:"要永远跟旧道德斗争,像太阳一样活。"太田治子写过一本《父亲太宰治、母亲太田静子》,在她看来,《斜阳》是相依为命的母亲和不曾见过面的父亲的合著,她就在合著的过程中降生。

太宰治死后一个多月,遗孀美知子派人上门处理小三问题。付给太田静子十万日元,这是太宰治的稿费,条件是静子不发表"任何有关太宰治名誉及作品的言行(包括报刊上谈话以及手记)"。《斜阳》里直治在遗书中说:"我,我这棵草,难以活在现世的空气和阳光中。"太宰治这个人自私、任性,凡事只顾自己,又依赖别人。他亮出人性的弱点,却是当武器。实际上真正的弱者是那些女人,但社会上为了所谓文学,所谓文学家,往往无视弱者的牺牲。编辑闻风而来,使静子破了与美知子之约,出版《斜阳日记》。

太田静子的《斜阳日记》和太宰治的《斜阳》有太多的相重之处,于是一些人斥责静子捏造。例如,《斜阳日记》这样写的——

"报纸上好像登了陛下的照片,再给我看一下。"母亲说。

我把报纸举到母亲的脸上。

暖洋洋的阳光照到檐廊上来。明朗的冬晨。光线柔和的冬天的庭院。信子在檐廊上织东西。信子看上去跟平时一样。

"妈妈,我以前很不懂世故呀。"

而《斜阳》写道——

"好像报纸上登了陛下的照片,再给我看一下。"

我把报纸的那个地方举到母亲的脸上。

"老了。"

"没有,这张照得不好。前几天的照片可年轻了,很兴奋的样子。他反倒很高兴这样的时代吧。"

"为什么?"

"这回陛下也被解放了嘛。"

母亲凄然一笑。过了一会儿,说:

"我想哭,可已经没有眼泪了。"

我突然想,母亲现在是幸福的吧。大概幸福感这种东西就像沉在悲哀的河底幽幽发光的沙金一样。如果过了悲伤的极限,奇怪的隐约明亮的心情,那就是幸福感,那么,陛下、母亲,还有我,现在的确是幸福的。安静的秋日上午,光线柔和的秋日庭院。我停下编织,眺望在胸膛的高度闪光的海。

"妈妈,我以前很不懂世故呀。"

《斜阳》在杂志上连载时太田静子给太宰治写信,说:我一直担心那个日记没有一点用处,让您生气,但看了第一回,发现差不多用上了一半,真是高兴。与《斜阳日记》比较,便显现出作家的水平和手段,可当作写作的教材。人物被整编了,去掉了信子,聚焦于主要人物。时间也有所变化,冬变成秋。特别是增加对天皇陛下的议论,使内容更具有社会性和时代感。

但即便如此,若放在当代,这属于剽窃无疑。《斜阳》那句名言,"人就是为恋爱和革命而出生的",是《斜阳日记》的原话。

太宰治利用他人日记的作品不止于《斜阳》。津岛美知子在《回想太宰治》里也写过,太宰治答应了出版社约稿,正好这时候一个不相识的女粉丝寄来了自己三个月的日记,他高兴得什么似的,天助我也,马上在这个日记的基础上写起了小说,就是《女学生》。夫人还说了一句:开头和结束的部分是日记里完全没有的。言外之意,好像是当作底本的日记没有开头和结尾,这个《女学生》就彻头彻尾是太宰治的创作了。起码女性口气的特色应该归功于这位十九岁的"女学生",她叫有明淑子。倘若是当今的中国媒体,大概要写上一句"实习生某某对此文也有贡献"。

日本历史上利用别人的材料制造自己的作品之事多如牛毛,例如井原西鹤《好色一代男》利用古典《源氏物语》,泷泽马琴《南总里见八犬传》利用中国《水浒传》,近代以后有田山花袋《田舍教师》利用了小林秀三的日记,井伏鳟二《黑雨》利用了重松静马的日记。这正是日本人所擅长的拿来与改造,几乎日本文化就这么造成。

关于剽窃,以前日本在法律上没有规定,也不大有道德意识。1928年社会评论家大宅壮一曾斥责:"今日之文坛,没有一个人拥有对剽窃者投石的自信与正义感。"随便占有别人的心血,却名之曰创作,总不见得光明。如果用一种定量的方法进行评价,某些作家的创作性大打折扣也说不定。为名人讳,这种事过去了就叫他过去吧。

古得拜

日本人自杀闻名于世界，著名文学家自杀也不少。自杀各有各的原因，也有人认为川端死于事故，并不是有意自杀，因为他是讨厌自杀的。每说太宰治，几乎都非说他的自杀不可。

哪个国家都有人自杀，唯日本出名，恐怕是因为出名的人物自杀多，例如文学家，我们也耳熟能详的就有芥川龙之介、太宰治、三岛由纪夫、川端康成。听说中国某作家说：中国不出伟大的作家，是自杀的太少。这话似乎有一点问题。一是中国作家自杀的好像也不少，他们不能像他那样赖活着，就只有好死；二是日本的自杀之所以出名，也因为自杀的作家都有点伟大。这位说风凉话的作家在中国似有点伟大，为了中国文学，带头自个杀才是。

但也有决不会自杀的,例如谷崎润一郎。上中学时他就在校内的杂志上发表《评厌世主义》,否定东方厌世观。切腹自杀的三岛由纪夫曾这样说:目睹了芥川的艺术家失败之死,谷崎一定以天生受虐狂的自信嘀咕:要是我,更要一直好好失败下去,就那样长寿百岁。

渡边淳一最爱写情死,而且作为医学博士,推荐最美的死法:要么吸煤气中毒,脸色粉扑扑,要么冻死在雪地里,嘴角挂着微笑。他的一生已经证明,他本人是绝不会自杀的。

活不下去了,没法儿活了,于是去死,似乎死比活着容易。太宰治自杀过五次,他的一生是一部自杀史。

二十一岁(1929年)上高中时第一次自杀未遂。不过,他经常服用安眠药,到底是自杀,还是药吃多了,无从判断。芥川龙之介是太宰治的偶像,他在青森听过芥川演讲。1927年芥川对自己的将来只感到漠然的不安,服毒自杀,或许对太宰治是一个冲击,但他从未提及此事。

二十二岁(1930年)考入东京帝国大学。要和以前在青森认识的艺妓小山初代结婚，被家里销掉户口，断了经济来源。下聘第四天，却和见过两三次的咖啡女郎田部敦美到镰仓的海边喝安眠药自杀。媒体报道青森县议员的弟弟在镰仓情死，女方不治，男方垂危。太宰治没死，被警察以帮助自杀的嫌疑追究。由于哥哥的奔走，缓期起诉。此事在他心里留下了阴影。

二十七岁（1935年）报考一家报社，未被录用，居然不能凭笔杆子吃饭，这让崭露头角的作家大伤自尊心。"今后怎么办？做梦也没想过自己赚生活费，要是这么样，就只有死路一条了。"于是，春天的晚上，一个人到镰仓鹤冈八幡宫的后山上吊。朋友们发现他失踪，到处找不到，又是拍电报通知他哥哥，又是向警方报案。半夜却见他晃晃悠悠回来了，不知何故，又没有死成。到了秋天，被东京帝国大学勒令退学。

死未能如愿，却得了急性盲肠炎。使用镇痛药上瘾，为了买药，向二十来个人"抢夺似的借钱"，总共欠下四百五十一日元。跪求芥川奖，因为奖金有五百日元，正好拿来还债。太宰治天生有妄想症，药物中毒后更加昂奋，自认天才，自己是世界的中心。病情加重，被井伏鳟二等师友强行送进医院，根治了毒瘾。住院一个月，天天读《圣经》，耶稣的话沁入干涸的心田，构成他思想的根干。一个像小弟一样被太宰治关爱的画家，上厕所并排小便时告诉他，他住院期间小弟和他老婆初代私通了。太宰治听了差点儿晕过去。夫妻去一处温泉地自杀，都没有命赴黄泉，回来后离婚。

太宰治的稿费大半消耗在酒食上。战败后返回三鹰，到投河自杀的一年零七个月里创作《斜阳》《人间失格》两个长篇，《维荣的妻子》《樱桃》等十七个短篇，还有未完成的《古得拜》，以及口述笔记的《如是我闻》等。三十九岁的太宰治在三鹰车站前的乌冬面摊上结识山崎富荣，她不是粉丝，从未读过太宰的小说。一年多以后的1948年6月13日，太宰治和山崎富荣在玉川上水投水。如今这条小河被杂木掩蔽，水流很小，但曾经是供应江户百万人口饮用水的六条上水道之一，满满荡荡，甚至被叫作"吃人河"。去参观吉卜力美术馆，可以在三鹰站下车，沿玉川上水走一段路。投水的地方离太宰家很近，有批评家斥责："就在夫人鼻子底下和别的女人抱着漂起来，丑得不能再丑了。"

太宰治有一个短篇小说《鱼服记》，写的是不幸的少女在本州北头的山里和父亲两个人过日子，因境遇悲惨，那少女终于跳进深渊，变成一条鲫鱼（日本叫鮒，涸辙之鲋的鲋）。鲫鱼一时游得很快活，但仍然被少女时的苦恼折磨，进到深渊更深处，第二次自杀。《鱼服记》仿佛暗示他本人的反复自杀。《小丑之花》和《人间失格》都写了第一次情死，实际是喝了安眠药，但两个作品都写成投水，莫非预示了最终的死法。

作品集《晚年》是当作"遗书"写的。其中第一篇《叶》的第一句就是"想要死"，此后一直到遗作《人间失格》，死，始终是萦绕太宰治心头的文学主题。未必说死就死，随机性很大，他写道："今年正月别人送我一块和服的衣料，是过年的礼物。衣料的质地是麻的，织入了细细的灰色条纹。看来是夏天穿的和服，那就活到夏天。"

尼姑作家濑户内寂听说过这种话：作家自杀，归根结底是不能写了。太宰治虽然在遗书中说"厌烦写小说了，一死了之"，但他绝没有江郎才尽的迹象。《人间失格》不是死亡预告，《古得拜》也不该是绝笔。

《斜阳》里直治在遗书中说："我完全不明白自己

为什么非活着不可。那些想活的人活着就行了。人有活的权利，同样，也应该有死的权利。"对于太宰治为什么非死掉不可的原因，众说纷纭。给作家兼东京都知事的石原慎太郎当过副手的作家猪濑直树写过一本《太宰治传》，质疑太宰治并非打算死，不过是一个表演。太宰治在《叶》中也说过："我把自杀当作处世策略似的算计来考虑。"一旦有什么事就玩自杀，装死来蒙混，不小心真的把自己玩死了。

太宰治死后井伏鳟二写了一篇随笔，说他前几天见到龟井胜一郎（文艺评论家），听他说了出乎意料的话，说是一个刑警说的，检查了太宰治的尸体，脖子上有绳子勒过的痕迹，是被迫情死，但尊重死者，不向外公布。这意思似乎是山崎富荣先把太宰治勒死，然后和自己捆在一起入水。太宰治的脖子上确实隐隐有一道伤痕，但那是他在镰仓自缢时留下的。警察检查遗体并没有当回事，却变成谣言。井伏鳟二等人用刀笔流布这个谣言是一种卑鄙，难怪太宰治在遗书里写下："井伏是坏蛋。"一些编辑归罪于山崎富荣，仿佛她成了日本文学史的千古罪人。志贺直哉说："对太宰情死怎么也不能同情，要死为什么不一个人去死呢。"

山崎富荣死时二十八岁,本来是美容师,日本第一所美容学校就是她父亲创办的。结婚十几天丈夫赴任菲律宾,后应征阵亡。她也记日记,说不定也是太宰让她记的,以备采用。山崎富荣死后,她父亲读了她留下的太宰治写的书,哪里都写着他想死,例如《维荣的妻子》中写道:"我从生下来的时候就一味考虑死。也为了大家,最好是死掉。"人死了,而且是情死,太宰治的作品一下子畅销,本来堆积在仓库里的《维荣的妻子》也抢购一空。

山崎富荣被葬在永泉寺,墓碑上没有刻名字。太宰治的墓在三鹰的禅林寺,前些日子有朋自远方来,陪同凭吊。太宰治在小说《花吹雪》中写道:"这里的墓地清洁,有森鸥外文章的影子。我的脏骨灰要是能埋在这么清爽的墓地一角,死后也许会得救。"

宫部美幸之文凭

作家的文凭

宫部美幸,宫部是姓,名不用汉字,用的是假名,按照我们的习惯,就要给她找两个汉字顶替。有人便译作"美雪",或许连宫部本人看了都觉得美,很像是日本漫画、动画片里眼睛冒金星的人物。可是,从日本人起名的惯例来说,应该用"美幸"两字,而且更符合宫部的出身环境。她常说:"我始终是东京下町的人,生长在净是做工的人的町,现在也住在那里。"

什么叫"下町"?

下町,相对的是"山手",在近代以来的城市中两者的区别表现为大街和胡同。下町本来指城市的低洼地区,聚居着商人、工匠,他们是平民。宫部美幸出生的东京江东区深川就是这样的下町,大部分地域位于海平面以下。江户时代人分四等,士农工商,士就是武士,他们是领导阶级,住在高岗的山手地区,例如东京新宿区。下町有下町的语言,山手有山手的语言,现代标准日本语以山手语言为母体。1923年发生关东大地震,毁坏了下町,江户时代传下来的平民文化遭受决定性打击,东京文化的代表变成了山手。芥川龙之介、堀辰雄等下町出身的作家在作品里憧憬山手那边有教养的女性。三岛由纪夫、北杜夫出生在山手,他们从小叫"父亲、母亲"(お父さま、お母さま),1933年文部省的国语教科书上出现下町话"爸爸、妈妈"(お父さん、お母さん)。震灾后重建,下町被指定为工业区,1945年又成为美军轰炸的目标。日本经济大发展,工厂纷纷迁出,下町变成住宅区,但大楼背后仍然到处有个体小商店、街道小工厂。宫部美幸的思想和感情打上了下町的印记,下町是宫部文学的原点,一个个故事从下町的习俗与风情中产生,既有推理小说《东京下町杀人暮色》,也有武士小说《本所深川七怪事》。东野圭吾是大阪人,以刑警加贺恭一郎为主人公的系列推理小说写到《新参者》,舞台搬到了东京的日本桥人形町,那里是下町,名称的由来是以前曾住了一些表演人形剧的艺人。小巷里还有多家百余年老店,到了这种地方,作家会不由自主地描写传统的风习与人情,连一向寡言的加贺恭一郎也变得爱说爱笑又爱吃。

宫部美幸获得山本奖的《火车》,故事从电车驶离绫濑站开始,下起雨来了;获得直木奖的《理由》,凶案发生在东京的荒川区,当晚下着雨。不管下没下雨,所写的地名都是真实的。使用真实的地名是日本推理小说的一大特色,很少编造临海市、靠山村什么的。煞有介事,使读者有现实感,甚至亲切感。大概这个特色来自日本文学特有的私小说,以真实为卖点。旅游也可以多一个项目,叫文学之旅,譬如宫部文学的江东区,东野文学的人形町。到处是杀人现场,恐怕也令人忐忑。

宫部出生于1960年12月23日,那天东京没下雪;据气象记录,28日下了一点雪。想来父母生她时不会想念雪。本来姓"矢部"(やべ),只有两个音,可她喜欢三个音的姓,买来当时最权威的《姓名判断》计算了笔画,取笔名"宫部"(みやべ)。作家总要被问到小时候,宫部说自己可不是文学少女,二十来岁开始读推理小说什么的,至于古典文学,当上作家以后才补课。虽然长得很娇小，却爱读美国斯蒂芬·金的恐怖小说，埋下了自己也要写这种东西的潜意识。后来也爱读美国科幻小说家菲利普·迪克的作品。用她的话来说，如果没有斯蒂芬·金小说摇撼心旌的原始体验，她肯定不会捉笔写作。完全模仿斯蒂芬·金的《龙眠》获得日本推理作家协会奖，用流行的说法，这是向神一般的斯蒂芬·金致敬。写的是超能力，吉本芭娜娜迷信超能力，宫部说：芭娜娜有一个诗人、评论家的老爸，简直像公主，而自己是一个野丫头。小时候父亲常给她讲百鬼夜行，酷爱好莱坞的母亲常带她看电影，不经意之间培养了宫部喜爱故事。

高中毕业，不曾上大学，也就是没有文凭。日本是学历社会，但作家这行当，像体育、艺能一样基本不需要文凭。宫部美幸获得直木奖之后，也有好些没有亮眼的学历的人获得直木奖、芥川奖成名，例如山本一力、京极夏彦、左左木让、町田康、金原瞳、川上未映子、西村贤太、田中慎弥、又吉直树。也有人上了大学却半途而废。松本清张成为推理巨匠依然逃不脱世俗观念，对于自己只有小学学历难以释怀，被人说风凉话。读高中时宫部的理想是当个速记员，毕业后就职，同时上速记学校，后来到律师事务所做速记，也负责接电话。工作清闲，夜间上讲谈社举办的创作学习班（日本叫"小说教室"），跟山村正夫、多岐川恭、南原干雄等作家学习写小说。为了有时间写作，又换了工作，跑街收煤气费。一连四次应征"万有读物推理小说新人奖"，终于以短篇小说《我们是邻居的犯人》获奖，二十七岁出道。像东野圭吾一样，翌年就辞去工作，写长篇小说应征新人奖。她可比东野幸运得多，二十九岁获得日本推理悬念大奖，赏金一千万日元，此后的作品连获各种奖。

《火车》可谓代表作，但年轻人爱读《所罗门的伪证》。她写推理小说和武士小说，还写幻想、恐怖、科幻之类。某评论家认为，《理由》作为推理小说过于冗长，直木奖应奖给《火车》。宫部写推理小说时总想加入其他要素，例如以军人造反的二·二六事件为素材的《蒲生邸事件》本来打算写推理，结果写成了穿越，获得日本 SF 大奖。甚至有人说，与其说宫部是推理小说家，不如说是科幻、幻想方面的作家。

《火车》写的是信用卡破产，人们以为这种题材与她在律师事务所打工的经历有关，但她说，那个律师事务所不受理个人破产的案子。她经常去东京地方法院,在那里看见过关于处理债务的小册子,才知道个人也会破产,没想到日后拿来写小说。主人公是刑警本间俊介,三年前死了妻,和小学生的儿子度日。执勤时左腿受伤,在家休养。远亲栗坂在银行工作,要帮未婚妻关根靖子办信用卡,发现她上了银行黑名单,居然有信用卡破产记录,一夜之间关根不知去向。本间瘸着腿查找,发现这个关根是假冒的,真身是新城乔子。读者自然要怀疑新城犯罪,一大本小说锲而不舍地追查这个女人,虽然她自始至终未出场,但是在追查的过程中,形象一点点清晰起来。原来父亲还不起房贷,逃之夭夭,债主找到新城,闹得她不得不离婚,逃离故乡。只有变成另一个人才能生存,那就需要抹掉一个人。本间想:她们两人是同样拼命活的人,同样被戴上枷锁,被同样的东西追讨,却像是互相残杀。小说结尾处,新城乔子飘然而至,"看不出苦恼之色、孤独之影,她很美"。

所谓"火车",不是在轨道上奔驰的(日语把火车叫"汽车"),而是着火的车,生前作恶,死了被拉进地狱。照顾本间父子的亲戚井坂突然想起了一首古诗,大意是火车今日从我门前过，明日去谁家。这是一种无常观，却道出关根和新城的遭遇是社会问题，暴露了现代社会极其悲惨而残酷的一面。比起破产的个人，更坏的是造成犯罪的现代社会体制。把犯罪作为社会问题写，写人的故事，这是松本清张开创的社会派推理小说，宫部美幸是最成功的继承人。

她属于松本清张、藤泽周平一类的庶民派作家，同时写以江户时代为背景的武士小说和取材于现代社会的推理小说，两条腿走路。文体平易，叙述明朗，即便是沉重的主题，也能轻快自在地展开。推理小说一般是近现代的，城市的，而武士小说即便写江户这座百万人口的城市，也充满农村气息，这就是传统。宫部美幸从事写作三十年，2017年新潮社出版武士小说《今世之春》以资纪念。自道写不来一般基于史实的历史小说，写武士小说很轻松，终归是属于亚文化的武士小说家。

宫部后悔给《火车》的悲剧人物姓新城，因为这个姓像是冲绳那边的，可能无意中把熟悉冲绳的读者引错路，往美军基地等问题上推理。

文豪的推理

有人说推理小说是大人的童话,有人说是智力游戏。清晰的头脑把推理小说当作科学,锐敏的头脑则视之为艺术,但开拓日本侦探小说的江户川乱步说,侦探小说不是艺术,也不是科学。

从文学性来说,东野圭吾赶不上宫部美幸。

1998年宫部的小说《理由》获得直木奖,评委们一致通过。该得的大众文学类奖项宫部都得了。和东野一样,宫部也曾被放在直木奖的火上烤了六次。东野于2005年获奖,评委渡边淳一大加反对。有这样的流言:老渡边执意让银座的酒吧女郎先一步摘冠,所以总压制东野圭吾。渡边反对的理由好像也不无道理,他是这么评的:我不满意,问题是人物造型,到最后解谜,主人公石神完全像人工制品,缺少真实感。在写人上有点不经心，不充分。把奖给了这个作品，证明了经过以前的推理小说热，近年来推理小说获得直木奖的门槛越来越低。不知是对推理小说不以为然，还是要凸显自己的存在，渡边淳一对宫部也有所批评：超越了单纯的推理，描写现代家庭、个人所处状况，在广度上有魅力。承认好的一面，要说不足嘛，虽然写现代的各种问题恰到好处，但没有进一步提升作家所执着或固守的东西。

当代推理小说家之中最善于描写人物的，大概非宫部美幸莫属。她能够一笔把人物的特征简洁地描画出来。相比而言，东野圭吾对塑造人物不大上心，写女性每每是符号性的"美女""年轻的女人"。他自认，他写的东西与艺术性无缘。江户川乱步认为，文学性与侦探趣味浑然一体是极难的。不论文学多么好，如果谜和逻辑的趣味不够水准，作为侦探小说就没有意思。所以，应该把侦探趣味放在第一位，在不妨害它的情况下附加文学性。

可是他又说：从全体来看，比起侦探趣味来，日本的侦探小说更胜在文学味。这又是何故呢？试从日本侦探小说的历史找一下原因。

侦探小说第一次兴隆是1890年前后。黑岩泪香翻译了七十多篇侦探小说，风靡一时，使日本人见识了西方侦探小说这东西，也对警察、法庭等起到文明启蒙的作用。第二次兴隆是1910至1920年代，特别值得注意的是，这次兴隆的推手是一般作家，专门的侦探小说家随之而产生。尤其是谷崎润一郎，甚至被称作侦探小说的中兴之祖。

1913年森鸥外翻译《莫格街谋杀案》，1918年《中央公论》杂志组织了一个特辑《秘密与开放》，受爱伦·坡、柯南·道尔的影响，谷崎润一郎、佐藤春夫、芥川龙之介等知名作家竞相创作"艺术的新侦探小说"。当初爱伦·坡的小说并不是特别被当作侦探小说，而是作为美国短篇小说这种文学样式引进日本。江户川乱步崇拜谷崎润一郎，把他异常的唯美主义作品统称为"怪奇文学"。横沟正史也曾请谷崎为他的长篇侦探小说《珍珠郎》题签。谷崎留名推理小说史的是短篇小说《路上》。那是十二月傍晚，汤河往新桥方向散步，被私人侦探安藤拦住，自我介绍后两人边走边聊。原来安藤要调查汤河前妻的死因。走过新桥，沿着银座大街走，又走过京桥，一个人热心讲，一个人默默听,径直走下去。又走过兜桥,走过铠桥。拐进小巷,一栋房子上挂着私人侦探的招牌。安藤大笑:再隐瞒也没用了,你从刚才就在颤抖。你的前岳父今晚在这里等着呢。只有两个人物,从头到尾是他们的对话,充分展现了谷崎的大作家手段。当初被讥笑"不过是单纯的逻辑游戏",但江户川对谷崎的杀人方法大感兴趣,赞之为"世界上无与伦比的侦探小说"。谷崎还写过一个短篇《我》,自诩是被谁读也不害羞的作品。江户川第二个倾倒的是佐藤春夫,写过《指纹》《鹦鹉》等。"猎奇"这个词就是佐藤在随笔《侦探小说论》中制造的。还有芥川龙之介,他的《竹林中》也可说是侦探小说。对于这些文学家来说,侦探小说属于志怪、幻想之类,作品里怪异、幻想的元素多于推理。他们的文笔自然给侦探小说添加了文学色彩。

宫部美幸和东野圭吾被称作当代推理的双璧,而近代侦探小说的先驱双璧是江户川乱步和甲贺三郎。甲贺重视逻辑性,以解谜为中心,1926年提出"本格"的概念,而江户川乱步、横沟正史等人对探索精神病理、变态心理感兴趣,构成异常的世界,甲贺名之为"变格"。他还主张,侦探小说是结构性的文学,与其他小说完全不同。本格侦探小说不需要文学性,变格可以更文学地表现。或许这就是原因,热衷于本格推理的东野圭吾在文学上不如偏重于变格推理的宫部美幸。

日本第一大文豪夏目漱石常在作品中表现对侦探的厌恶,例如《我是猫》,还没有名字的猫的主人珍野苦沙弥,也就是漱石本人的化身,这样说:"要说世上什么是卑贱的家业,我认为没有比侦探和放高利贷更下等的了。"又说:"乘人不备掏腰包的是扒手,乘人不备骗取内心的是侦探。乘人未察觉取下防雨板偷人家东西的是窃贼,乘人未察觉说走嘴,抓住人内心的是侦探。把刀砍在榻榻米上向人勒索金钱的是强盗,说一堆恫吓的话强迫人的意志的是侦探。所以,侦探这东西和小偷、窃贼、强盗是一家,怎么也不能放在人的上风头。"这些话似嫌过激,可能是反感左邻右舍变得跟侦探一样。小说结尾处说到在杂志上读了一个关于骗子的小说,这是英国侦探小说家罗伯特·巴尔的作品,可见他也读侦探小说。有人说,漱石表面上厌恶侦探和侦探性行为,却偷偷地偏爱他们的存在。

总要表现得与众不同的三岛由纪夫常表示他厌恶

推理。江户川乱步编辑推理小说杂志《宝石》时，积极向一般文坛约稿，三岛没给写。他说："除了爱伦·坡的短篇，推理小说这东西不是文学。虽然很明显，世上也不是没有把它认定为文学的风潮。"某出版社筹划日本文学全集，三岛由纪夫是编委之一，坚决反对把松本清张收进来，令松本恨之入骨。三岛把江户川的小说《黑蜥蜴》搬上舞台，可见和侦探小说也不是毫无瓜葛。他也写过推理小说《复仇》，像一个超短篇，很有点恐怖：明朗的避暑地有一栋房子却显得很阴暗，住着五口人，晚饭时虎雄的妻子说她在海边看见了玄武。可是，你没见过玄武呀。突然响起门铃声，是电报，写着：玄武死。他们要烧掉玄武寄来的八封信，抽出一张，是写给虎雄的：你把战犯的罪名推给我可爱的儿子，把你的部下送上绞首架，自己恬不知耻地回到日本来。作为父亲，我定报此仇。我的憎恨只杀你一个人不够，早晚必杀死你全家。这玄武是谁？或许电报是活着的玄武发来的。

侦探小说对纯文学有各种影响也是日本文学的一个特色。大冈升平在随笔《谜思底里和我》中说，他经常读美国推理小说家威廉·艾里什的英文原著。比江户川乱步更早,他在菲律宾被美军俘虏时读了威廉·艾里什的《幻影女郎》。

像英国一样,日本纯文学作家认真创作侦探小说,也取得相应的成果。战败后迎来推理小说的黄金时代,第一枪是坂口安吾的《不连续杀人案》。他批评本格推理小说,一是为了谜而不当地扭曲人性,二是过于偏重超人似的推理,三是应该让读者完全知道侦探推定犯人的线索。

获得芥川奖的奥泉光爱用推理结构,模仿漱石文体写了《〈我是猫〉凶案》。《我是猫》的最后那只猫喝醉酒,掉进瓮中淹死了。奥泉写它没有死,出现在上海,死了的是主人苦沙弥,于是猫们展开了侦破工作。

推理小说很特殊,基本不是靠文字取胜,首先需要推理的功夫,文豪也未必写得来。但是写小说的人不免都抱有侦探的好奇和探究,吸取推理小说的手法是文学创作的普遍现象。至于有人说村上春树的小说无非幻想加推理,似乎就意在贬低了。

东野圭吾之推理

本格推理

词语是不断变化的,其变化反映时代,也成为时代的标志。推理小说,在江户川乱步的时代叫侦探小说,松本清张登场时已改为推理小说,待到东野圭吾出道,又流行"谜思底里"(mystery)的叫法,也就是神秘悬疑,含义比推理更为宽泛。中国原本叫侦探小说,后来引进了日本战败后起用的"推理小说"一词,似乎也表示中国的语言文学又受到日本影响。不知是不好取舍,还是两全其美,也有称之为侦探推理小说的。

东野圭吾生于1958年,大阪人。成名后写过小学、中学的事情,书名叫《那时我们是傻瓜》。常说自己小时候不爱读书,作文非常差。甚至当了日本推理作家协会理事长,还说自己现在也不大读书,看校样经常睡过去。大概动手能力强，高中时偶然读了推理小说，就自己写起来，同学看了说不咋的。大学毕业后一边当技术员，一边写小说。1985年以校园推理《放学后》获得江户川乱步奖，翌年辞职上东京，一步跨进了作家行列。孰料，应征各种文学奖，落选十五次。整整苦熬了十年，1996年《名侦探的法则》总算进入"厉害了这本推理"排行榜，位居第三。又过了十年，本格推理《嫌疑人X的献身》获得直木奖。再八年，荣任直木奖评委，想想以前"黑笑"过编辑，"歪笑"过文学奖，或许有今夕何夕之感。出道三十多年，出版百十来本书，在推理小说家当中不算多，赤川次郎三十年出版五百本。

侦探小说这种文学形式最初发端于美国。1841年埃德加·爱伦·坡在他主编的杂志上发表自己的作品《莫格街谋杀案》，这个短篇小说是第一个，而且是完美的一个，不仅以残酷的杀人案件和破案为中心，而且包含了很多决定侦探小说方向的要素，如密室杀人、意外的犯人、侦探助手讲事件等，几乎为侦探小说定下了模式。日本最先翻译爱伦·坡的是飨庭篁村，像我们的林琴南一样，他不懂外语，别人先翻译，然后他改写。那是1886年，十年后林琴南翻译《巴黎茶花女遗事》，而爱伦·坡译介到中国已经是1905年。江户川乱步奠定日本原创侦探小说的基础，笔名这五个汉字是埃德加·爱伦·坡的日语谐音。

侦探小说的成立有两个条件，首先是合理性。德国评论家说过：所谓侦探，是合理的人格化。故事的过程是侦探或者侦探式人物登场，自始至终用合理的推导来揭开谜底。这种合理性是近代社会的根基，名侦探体现了追求合理性到极限的理性。此外，侦探小说还需要充当舞台的城市。《莫格街谋杀案》的舞台是当时最发达的城市巴黎。城市里人际关系比农村复杂得多，擦肩而过却互不相识。作案和破案都利用城市的各种手段，诸如报纸、通讯、交通工具等。赤川次郎写小说大都没有时代背景，但手机教他为难了，因为有手机，就不好设计交错之类的场面。手机改变了小说。侦探小说是城市文学，鲜明地反映时代。从这一点来说侦探小说是"为了杀人的风俗小说"。以前有一个叫开高健的作家甚至说：推理小说测量一个国家的近代化程度，亚洲只有日本能产生推理小说。

爱伦·坡的《莫格街谋杀案》，江户川乱步的处女作《二钱铜币》,这样的作品在日本称作本格侦探小说,或者本格推理小说。"本格"是正规、正统的意思。本来侦探小说是合乎逻辑地破解案件之谜,但日本人出于喜欢引进并随意改造的习性,给侦探小说添进了怪异、幻想、科幻、冒险等解谜以外的文学要素。文学家佐藤春夫也写过侦探小说,他说:正规的侦探小说是行动与推理的文学,但日本更广义地解释,把带有幻想神秘的气氛和构思的作品也习惯叫侦探小说。江户川乱步在随笔《关于日本侦探小说的多样性》中认为:侦探小说必须把重点放在侦探兴趣上,也就是乐趣在于尽量符合逻辑地徐徐摸出某一难解秘密的过程,日本侦探小说过半数不是真正的侦探小说。怎么办呢?日本人向来爱分类,于是把真正的侦探小说叫本格,与之相对,那些犯罪、怪谈、恐怖之类统称为变格。江户川乱步的作品大多数属于变格。变格不是变革。读者不满足于解谜,还需要各种变格乃至变态的乐趣。有人说推理小说是"教授的文学",指的是本格。

东野圭吾热衷于古典式本格推理,豪宅里发生命案,侦探之流破案,最大的看点是揭出作案的诡计。

黑岩泪香1889年发表的短篇小说《残忍》被算作本格推理小说的发轫，1960年代松本清张开创的社会派推理兴盛，本格派推理几乎全军覆没，只有鲇川哲也、岛田庄司等苦撑局面。在他们引导、扶植下，从1985年到1990年代，绫辻行人、有栖川有栖、法月纶太郎、歌野晶午等新人群起，追求推理小说本来的趣味，即富有魅力的谜和逻辑性破案，掀起新本格运动。新本格不新，并不是新的类型，而是本格小说的东山再起，出版社用这个"新"字营销而叫响。1985年东野以《放学后》出道，是一部本格的校园推理。

就在绫辻行人的《十角馆凶案》走红时，东野圭吾创作《十字邸小丑》，因为标题相似，被压了一年才出版，但还是被说成搭新本格热的便车。东野说自己"非常喜爱密室、暗号之类的古典小道具，哪怕被看作落后于时代，也要坚持下去"，但对于新本格派作家滥用古典小道具、因袭过去的类型很反感，避而远之。同时，新本格派也促动他探索新的本格推理。关于本格推理，他定义为"故事的主人公就是谜本身，登场人物们不过是构成那个谜的因子。漂亮地演出那个谜的建构和破解，给读者以感动和浪漫"。凭借专门知识的推理是本格推理的一个禁忌，但东野把这种特殊性转化为主人公的独特风格，对本格推理的法则是一个颠覆。现在，新本格这个叫法已有点过时。

东野圭吾利用自己喜好的科学写小说，写出以物理学天才汤川学为主人公的系列推理小说，《嫌犯X的献身》是其一。主人公石神哲哉，独身，高中数学教师。每天买便当，店里有个叫花冈靖子的女人。一年前她逃脱第二任丈夫富樫慎二的暴力，和女儿美里搬到石神租住的公寓，比邻而居。富樫找上门来，纠缠不休，被母女误杀。这时石神出现了，说"光靠女人处理不了尸体"。主动帮母女处理尸体，制造不在现场证明。刑警请来汤川学破案，他居然和石神是老同学。上学时石神就是个数学天才，汤川直觉地怀疑他。两个天才进行较量。对于一道数学题，想出答案和确认这个答案正确与否，哪个更容易呢？石神那种纯爱似的"献身"不过是单相思。正如汤川学对靖子说的："他为了保护你们，付出了很大的牺牲，我和你这样的普通人无法想象的荒谬的牺牲。"

东野圭吾拥有众多的推理小说粉，但文学评论界对他不大置可否。《嫌犯X的献身》让东野一下子耀眼,有个评论家说,不明白他为什么畅销,把这个小说归为"咿呀谜思"(イヤミス),意思是读完之后很觉得厌恶的推理小说。一般推理小说虽然发生凶杀案,但最终破案,水落石出,读者也心情大快,而"咿呀谜思"描写潜藏在人心深处的心理,厌恶地往下读,过后感到不快。最典型的作品是凑香苗的《告白》。本来靖子母女自首的话,可能算正当防卫,但石神自以为聪明,甚至又杀了一个流浪汉,很令人反感。

东野圭吾作为娱乐小说家,涉笔各种类型的小说,例如《秘密》是幻想小说,不能算科幻,因为没有科学什么事。写的是母女遇上车祸,母亲死了,女儿活下来,却变成母亲的皮囊。起初是搞笑的短篇小说,描写主人公作为丈夫想性交、作为父亲不能交的尴尬与郁闷,或许表现了男人那种女儿是父亲的前世情人的迷思。扩展为长篇,主题悲剧化,仍带有喜剧色彩。借尸还魂,这类故事向来是悲喜交加。

警察小说

东野圭吾的推理小说有两大系列：一是以物理学家汤川学为主人公的系列，刑警们称他"伽利略先生"；二是以刑警加贺恭一郎为主人公的系列。后者为时比较长，第一本《毕业》出版于1986年，这是他出道的第二部作品，第十四本是2013年出版的《祈祷落幕时》，其间有几个短篇集。

《毕业》里主人公加贺恭一郎还是大学生，充当了侦探角色，1989年出版第二本《沉睡森林》，加贺已当上警视厅搜查一科的刑警。这里插一句：日本把"睡美人"译作"沉睡森林的美女"，东野小说的题目由此而来，但中文难以译出这个联想。加贺在以后的小说里调任练马署的巡查部长、日本桥署的警部补。日本警察的等级自下而上是这样的：进了警校就是巡查，毕业后分配到各地警察署，顶头上司是巡查长，再往上是巡查部长、警部补、警部、警视，更大的官阶就不是小说里常见的了。如果通过了国家公务员考试，入行就是警部补，也有望飞黄腾达，所以常有小说写一把年纪的警部补或者警部苦哈哈地办案，被年轻的上司呵斥。这种以警方侦破杀人案为题材的小说叫警察小说，也叫作刑警小说。

警察小说的历史可以追溯到松本清张1958年出版的《点与线》，以及结城昌治1963年出版的《夜尽时》。大泽在昌1990年出版《新宿鲛》，代表了正规的警察小说，但当时还没有这个叫法，被归在硬汉类。由记者改行的横山秀夫2002年出版《半吞半吐》使警察小说清晰地呈现为一个类型。北海道出身的佐佐木让2004年出版《笑的警官》，2008年出版《警官的血》，警察小说的称呼叫开来。今野敏也是北海道人，进东京读大学时开始写小说。他兴趣广泛，开办空手道武馆，参选过议员。2006年以《隐蔽搜查》获得吉川英治文学新人奖，2008年以《隐蔽搜查2：果断》获得山本周五郎奖和日本推理作家协会奖。这个系列之八已经在杂志上连载。主人公龙崎伸也由最初的警察厅长官官房总务科长,调任神奈川县刑警部长。不是普通警察,塑造了一个"局座"的光辉形象,还写到警视厅刑事部长,和龙崎是小学同学,这类高层在警察小说中不多见。

发生案件,由警察解决是正常而自然的。为了不让警察出场,就需要设计海中孤岛或者大雪封山之类的环境。侦探没有任何权力,不可能最终解决案件。警察及其组织就在人们身边,而且无处不在,却像是被制服隔绝,难以窥见其内部,神秘兮兮,就有了吸引读者的条件。日本国警察组织的中央机构是警察厅,而"首都警察"总部叫警视厅,警察小说大都以它为舞台,搜查一科隶属于警视厅刑警部,还有二科、三科。据说,松本清张听一位检察官说:侦探小说净写一科的工作,还有二科呀,你写写吧。于是他写了长篇推理《眼壁》,连载之中就引起轰动,他也写得不亦乐乎。警察小说以警察或者刑警以及他们所属的警察组织为主人公,描写对事件的搜查活动。不单写警察破案,也写警察内部的争斗、腐败。读者要求真实性,所以作家需要有警察方面的知识,不可以乱写。警察小说里的刑警常常是警视厅搜查一科的,虽无其人,但实有其单位。宫部美幸的小说《火车》主人公也是警视厅搜查一科的刑警,日本把英国推理小说家阿加莎·克里斯蒂的《无人生还》改编成电视剧,破案的人就变成警视厅搜查一科的警部。

日本有类似中国武侠小说的武士小说(日语叫"时代小说"),其中有一个类型叫"捕物帐"。所谓"捕物帐",本来是以前官府侦查、抓捕、审判的记录,中国叫公案,拿公案当素材的作品叫公案小说,日本叫作捕物帐。1917年冈本绮堂在柯南·道尔的影响下创作《半七捕物帐》,把捕物帐小说近代化。1960年代池波正太郎的"鬼平"系列进而把捕物帐小说现代化。可以说,捕物帐小说是以江户时代为背景的警察小说,而警察小说里警察往往被描写成穿上现代制服的捕快或武士,颇有些侠肝义胆。宫部美幸同时写推理小说和武士小说,其接点即在于捕物帐。也有人认为,警察小说迟迟不成气候,就是被捕物帐小说挡了路。

警察代表法律与善,犯人代表暴力与恶,侦探则站在能看清两者的中间位置。日本推理小说史上有几个出名的侦探,例如江户川乱步的明智小五郎,横沟正史的金田一耕助,高木彬光的神津恭介。作为职业,侦探出现在19世纪末，此前的江户时代叫"冈引"，充当捕快手下的探子或线人，如《半七捕物帐》里的半七。以侦探为主人公，警察时常被当作反衬，甚而傻傻的。例如在东野圭吾的伽利略先生汤川学系列中，警视厅搜查一科的草薙刑警只是个捧场的陪衬。警察小说首先吸引读者的是人物的魅力，比其他类型的推理小说更注重塑造人物。主人公大都是英雄形象，即使陷入四面楚歌，也绝不放过凶恶的罪犯，执着地挑战。而且，不把权力当回事，不受组织的约束，甚至对抗组织，被称作孤狼。现实的组织哪里也不欢迎这样的狼。侦探有帮手，警察有集体。不论好警察，还是坏警察，即使是一匹狼，也身在组织之中。警察小说有别于一般侦探小说的最大特征是组织的存在，而组织的最大特征是上令下行的纵向结构。

作为本格推理小说，东野圭吾不曾把工夫下在警察的感情、生态和组织内部争斗上，偏重于案件的侦破。日本桥，过去是江户通向全国各地的道路起点，东野的《麒麟之翼》案件从这里开始。题目来自日本桥灯柱上装饰的麒麟铜像，有一双翅膀。书中写道："从乡下来到这里，但不是终点。想要一切从这里开始。心里揣满了梦想。相信自己有翅膀,展翅飞向光辉的未来。"日本桥一带是金融、商业的中枢之地,但大楼的背后有胡同。小说里"加贺出了警察署,拦了一辆出租车。坐上去,对司机说:不远,不好意思,到甘酒横丁"。这条叫甘酒横丁的小街长约四百米,有很多小店,走进去仿佛能遇见小说中的人物。街边的烤饼店"草加屋"被写进《新来的人》,改名"甘辛屋"。

小说里加贺恭一郎被调到日本桥警察署,是新来的人。这里是"下町",似乎残留着昔日风情的环境也使加贺发生变化,富有人情味。他在《红手指》里说:"刑警不是破案就行了,何时破案、如何破案也重要。"在《新来的人》里写道:"如果有人被案件刺伤了心,他就是受害者。找出救助这种受害者的办法也是刑警的职责。"警察的热情、行动和正义感固然充满了魅力,但最让读者感动的还是人情。在表现人情上,警察小说吸取了武士小说的手法。

换一个角度来说,警察小说是职业小说、公司小说,某种程度上也是作家和读者之间达成了共识的幻想小说。2013年出版《祈祷落幕时》,东野圭吾也采取村上春树事前对内容秘而不宣的推销手段。这部小说像宫部美幸的《火车》一样，让人不禁联想松本清张的《砂器》。东野也重视社会性，说过："真实感、现代感、社会性，要重视这三根柱子，否则，无法在今后的推理小说界幸存。"

推理小说基本路数是开头让人堕入五里雾中，中间是一路惴惴不安，最后出乎意外。警察小说也无非最终逮捕真犯人，警察获得满足感。但作为案件，到此并没有结束，嫌犯被送上法庭，故事在审理中展开，那就是法庭推理小说，例如大冈升平获得日本推理作家协会奖的畅销小说《事件》。

推理小说和电视剧是天生的一对。日本人爱读推理小说，电视也没有一天不播放警察破案的电视剧，天天要死人。日本人暧昧，仿佛整个日本是个谜，有推理趣味。如果哪里的国民都眼睛雪亮，恐怕就不会有推理小说的用武之地。

池波正太郎之武士

鬼平犯科帐

日本有"一平二太郎"的说法,"平"是藤泽周平,"太郎"是司马辽太郎和池波正太郎。这三位是武士小说的大家,也都写历史小说,1990年代先后去世,至今读书市场也无人能超越。走进书店,小开本"文库"的架子上成排地摆着他们的作品。有个评论家说:读"一平二太郎"的小说应当是日本大男人的嗜好。我爱读司马辽太郎的历史随笔,不喜欢他的小说。喜欢读藤泽周平的文字,喜欢看池波正太郎小说改编的影视剧。

池波生于1923年,和司马同年,而且前后脚获得直木奖,司马是1959年,池波是1960年。藤泽比他们晚生了四年(1927年),出道则更晚,1973年获得直木奖。藤泽常浏览新秀作家的武士小说,不大读同辈或前辈的东西，以防受影响。但池波是一个例外，因为描写的世界、表现的方法完全不同，大可放心读——"今后也会有作家用我的方法写我所写的世界，只怕不会再有作家用池波的方法写池波所写的世界。"

池波正太郎的学历比武士小说巨匠吉川英治高，小学毕了业，和推理小说巨匠松本清张一样。他们同样爱读书，读书多，知识丰富，这是武士小说家必备的条件。十九岁当车工，二十一岁应征入伍，战败后当上东京都卫生局职员，喷洒了五年滴滴涕（DDT），这是美军占领后用于消灭日本人的虱子什么的。年轻的正太郎好玩好吃，好看电影好看戏。家被战火烧掉，住在单位里，熬夜写剧本。二十五岁拜小说家、剧作家长谷川伸为师。打算这辈子写戏，但师傅开导他：光写戏吃不上饭，能写小说，然后搞戏剧，双管齐下一定会丰收。辞掉了工作，在家里全职写剧本和小说，五次落选之后终于以短篇小说《错乱》获得直木奖，也就是拿到文坛通行证。

四十四岁时创作了短篇小说《浅草·御厩河岸》，发表在《万有》杂志上。主人公岩五郎是开锁入室的高手，被捕快佐岛逮住后充当密探。同乡盗贼来找他，又动了重操旧业的心思。最后长谷川平藏出场；他是负责防火缉盗的长官，史有其人，变成了民间传说。案破后岩五郎逃走，佐岛问怎么办，长谷川满不在乎地说，随他去。却又担心地嘀咕：那小子哪儿去了呢。据说这就写出人情味，抓住读者心。杂志赶紧把编辑计划由单发变为连发，改题为《鬼平犯科帐》，一个月一篇。连载到池波去世，二十二年里写了一百三十五篇，其中有五个长篇。四十五岁那年，写《鬼平犯科帐》十二篇，两种报纸和两种月刊杂志连载四部小说，还写了十三个短篇以及多篇随笔，产量惊人，真个是思如泉涌，笔不停挥。

司马辽太郎和藤泽周平都爱读《鬼平犯科帐》。

武士小说细分为行旅小说、忍者小说、剑客小说等。池波正太郎的《错乱》以及超长篇小说《真田太平记》是忍者小说，《鬼平犯科帐》则属于"捕物帐"。捕物帐类型由冈本绮堂的《半七捕物帐》开头，佐佐木味津三的《右门捕物帖》、野村胡堂的《钱形平次捕物控》等将其定型，而池波使之面目一新。捕物帐，几乎从名称就可以联想到中国的公案小说。侦探小说家江户川乱步说过，日本的捕物帐是把中国的判案和西洋的福尔摩斯搅和在一起，再加上独特的江户氛围。中国判案指的是《棠荫比事》。这是南宋年间汇编的案例集，日本于1649年翻译，1689年井原西鹤撰《本朝樱荫比事》，棠树变为樱树。传说上古在棠树荫下听讼断案，而江户时代办案，屋前铺一片白色的小石子，叫"白洲"，仿佛禅寺庭园的枯山水，各色嫌犯跪在上面，长谷川平藏之类的大老爷坐在大敞四开的屋内断狱。长崎衙门把刑事判决记录叫"犯科帐"，大概池波用这个词表示自己的创作有别于以前的捕物帐。

司马辽太郎也是写忍者小说起家。他生在有商都之称的大阪，池波正太郎生在东京，模样像一个工匠，是小说的匠人。藤泽周平长得像乡村教师，司马是一副公知派头。池波几乎一辈子没离开过东京，作为老东京，像老北京一样讲究有范儿。他随笔写过《男人的作法》，譬如吃生鱼片的作法，说："吃刺身时大部分人把芥末搅和在酱油里，那可是胡来。应该把芥末放一点在刺身上面，然后蘸一点酱油吃。不然，芥末的香味就跑了，酱油也混浊不新鲜。"

东京以前叫江户，明治维新，位于京都之东的江户1868年改称东京。读《鬼平犯科帐》仿佛跟着长谷川平藏走上江户的街头,走进居酒屋小酌。池波的手法之一是细致地描写江户的食桌,写活了日常生活。请司马辽太郎来写,好像他不大有味觉,写吃就是"觉得好久没吃过这么好吃的东西,汤喝了好几碗,腌萝卜也好吃"而已。长谷川平藏常光顾一家鸡肉火锅店,叫"五铁",据说原型是东京人形町的"玉秀",1760年开店。小说里长谷川上任是1784年——"那时他四十二岁。稍胖,容貌温和,一笑右颊就出现深酒窝"。池波以美食家自居,随笔常写小说里的吃食,使小说也别具真实性。他是小说、随笔双丰收,但在美食上,我向来不相信作家的生花妙笔。

池波小说的时代背景设定在18世纪后半,激情燃烧的战国时代已过去近二百年,武士腰间插两把刀,不是用来打仗的了,浮世绘流行的是铃木春信的仕女图。武士小说的主题很传统,那就是惩恶扬善。什么是恶,什么是善,这个伦理问题由作家判断。大众道德很大程度是大众文艺培植的,如今影视、漫画、小说的作用尤其大,似乎也由于文化水平的提高,接受起来更自觉。《鬼平犯科帐》主人公是正面的、光辉的形象长谷川平藏,但池波在长谷川平藏操纵的捕快、密探身上花费了更多的笔墨。密探大都是盗贼改邪归正,因为平藏是性情中人,他们虽然被盗贼叫作狗,也愿意为主子卖命。盗贼也塑造得别有魅力。盗亦有道,纯粹的盗贼恪守三条原则:不向被偷了就活不下去的人下手,干活儿时不行凶,不祸害女人。《云雾仁左卫门》里的大盗云雾仁左卫门率领团伙作案不杀人、不留证据,跟长谷川平藏及其手下斗智斗勇。对守道的盗贼,平藏会手下留情,这是他的人情味,但对于行凶作恶的盗贼则毫不留情,以致被叫作"鬼平",这就是义。"义理"一词是日本造,就是义的道理,和儒家的义不尽相同。义具有社会性,情乃是人的感情,任其自然。义理与人情常常是矛盾的,正所谓忠孝难两全。中国自古重义,常常用违反人之常情来抬高义。池波凭其想象力在平藏身上调和义理与人情,把他塑造成有情有义的好官。幸亏是古装,读者自有距离感,也就姑妄读之,姑妄看之。相比之下,池波写义理见长,藤泽周平更善于写人情,而司马辽太郎爱写民族大义,更近乎我们的武侠小说。

1972年,年将五十的池波正太郎又先后在文学月刊《小说新潮》《小说现代》上连载《剑客生意》和

《运筹人藤枝梅安》两大系列,在《周刊新潮》上连载长篇小说《云雾仁佐卫门》,在《周刊朝日》上连载随笔《食桌情景》。自1974年在《周刊朝日》上连载《真田太平记》。这样的产量,焉能不令人怀疑其质量,哪怕只当作故事来读。

1990年池波因急性白血病去世,享年六十七岁。小说《真田太平记》写的是信浓小领主真田家在大领主争霸当中的兴衰,信浓就是今天的长野县,那里建了一座"池波正太郎真田太平记馆"。由遗孀出钱,池波出生地东京台东区的图书馆也设有池波正太郎纪念文库。

武士小说与武侠小说

池波正太郎写的那类小说,日本叫"时代小说",我译作"武士小说"。因为它不像"推理小说",这四个汉字我们照搬就可以用,但"时代",什么时代?令人莫名其妙。

"时代",日本给这两个汉字组成的词语加入了别的含义,意思是年代已远,有陈旧甚至古色古香之感,不必拿它来给我们的现代汉语添乱。例如"时代物",本义是旧物、古物。"时代小说"也叫"时代物""时代物语",就是旧时代的故事。"时代小说"主要写江户时代,再往前,也有写织田信长、丰臣秀吉们的战国时代,以及更早的时代。再往后,明治时代也渐行渐远,取材于明治维新年间的小说日见其多。

江户时代指德川家康1603年在江户开设幕府,执掌天下,到第十五代将军德川庆喜1867年把大权奉还给天皇家,大约有二百六十年。江户时代是武士的时代。人以群分,主要分成了四类:士农工商,士是武士。这四类之外,还有僧侣、神官、耍猴的、演戏的,等等。江户时代后期,儒学家把士农工商编排为上下秩序。明治维新以后,人分四等的说法变成了常识。总之,武士是领导阶级,其他的各色人等是庶民。时代小说即便写市井生活,也少不了武士,少不了武士时代的背景。欧洲的骑士,日本的武士,已固定在我们的印象中,称之为武士小说,既能表明是日本的,也有别于我国的武侠小说。

　　武士的形象是腰间插两把刀,这是幕府规定的武士行头。刀一大一小,就叫作"大小"。刀刃朝上,插在腰带里。往外一拔,锋刃顺势就砍向对方。带刀是武士的特权,商人也可以出钱买这个特权,但只许带一把刀,而且是小的。武士被要求精通文武两道,可实际上没有多少人能文能武。做会计之类工作的,腰间也插两把刀,未必有武功。明治新政府成立后,1876年颁布禁止带刀令,只许军警穿制服时佩刀。

　　武士的另一个标志是发髻,日语用的是"髷"字。

开化晚的民族都爱在头发上折腾,日本武士像中国满族人一样把头发剃一半留一半,不梳辫子,却又像汉人那样把头发绾在头顶,然后别出心裁,往后折,再向前折,用黏糊糊的油脂定型。现在的相扑力士还打扮成这副模样。当年西方人看见了,说他们头上架了一门小钢炮。1871年明治政府颁布断发令,但并非强制性的留发不留头。东京府还颁布"禁止女子断发令",不许女人们跟风铰头发,弄得像造反派一样不男不女。

德川幕府为维持政权,制定"武家诸法度",规制武士。进而用儒家思想改造他们,消除从战国时代带过来的杀伐之气,使他们知书达礼,给庶民当表率。渐渐形成了武士的规范和修养,这就是武士道。文以载道,武士小说载的是武士道,基本命题是惩恶扬善。武士道精神和行为被武士小说加以美化,流传民间。

武士小说源于"讲谈",类似我国的评书。日本出版业龙头老大"讲谈社"就是搞讲谈起家。一般认为第一部正规的武士小说是中里介山1913年开始连载的《大菩萨岭》,算下来武士小说已经有百余年历史。吉川英治1935年创作《宫本武藏》,剑禅一如,是武士小说载道的典范。美军占领日本，认为武士小说鼓吹封建武士道，诱发军国主义倾向，一度予以禁止。吉川死于1962年，武士小说的一个时代结束了，此后武士小说面貌一新，代表作家是司马辽太郎、池波正太郎和藤泽周平。

一个时代有一个时代的理念，9世纪至12世纪的王朝时代的理念是"雅"，这种"雅"来自中国文化。此后，从12世纪末镰仓幕府成立到16世纪末室町幕府灭亡，主导的理念是"道"。到了江户时代，直接表现个人的意愿和感情的倾向增强，基本理念是"情"。人情本来是世俗的，经过历史的沉淀，在后世的眼里也变成一种雅。武士小说的一大特色是描写这种人情。山本周五郎、藤泽周平都擅长写人情。藤泽不塑造英雄人物，描绘武士的"善刀而藏"，悲欢离合，充满人情味。

中国的武侠小说是虚构故事，日本的武士小说也同样虚构故事，并不去复原历史的真实。作家立足于现实写武士小说，人物穿戴了以往时代的衣冠，但感情和思想完全是当下的。现实不是武士小说的影子，而是像地下水一样流淌在武士小说的底层。历史小说基于史实，尽可能八九不离十，而武士小说即便借用历史的人物或事件，故事也是凭作家的想象力虚构。柴田炼三郎的《眠狂四郎无赖控》主人公史无其人；吉川英治的《宫本武藏》、五味康祐的《柳生武艺帐》写的是实在的人物，宫本武藏和柳生十兵卫这两个江户时代初期的剑客是武士小说的常客。历史小说的高下取决于史观，而武士小说更需要故事匠的技艺。

武士小说也能改变人们的历史观。大佛次郎的《赤穗浪士》把历来被歌颂的义士变成了丧家犬一般的浪士，山冈庄八为德川家康翻案，改变了德川家康的白脸形象。吉川英治的小说使宫本武藏成为历史名人，给人们打下了日本第一剑客的印象。

武士小说的读者跟武侠小说一样，用小说中无所不能的人物，圆自己在现实中达不成的梦。武士小说是"大人的童话"，但这童话很有点可怕，总是以杀人为圆满。几乎没有武士小说不是以杀人收场的，可能作家故意兜圈子，写武士或武侠如何不愿意杀人，但最终也不得不杀人，无非给杀人找足借口，并吊得读者杀意大起，以至于不是作者杀人，而是读者杀人。武士小说或武侠小说满足读者的潜意识，让读者从时空上脱离日常,安全地享受泄愤以至杀人的快感。所以,武士小说尤其是弱者的童话,也有点意淫。

日本的武士小说类似中国的武侠小说,却也有三大差别,一是为主拔刀非仗义,二是血仇必报不化解,三是世间行走无江湖。

战国时代武士夺得了土地,朝廷不封给他们。源赖朝败走镰仓,二十年后接到皇子令他起兵讨平氏的密诏。他号召武士:皇子说土地归你们,我来保证。赖源朝率领武士们征讨平氏,把占领的土地分给武士,这叫御恩,而武士作为报答,拼死战斗,叫奉公,忠的关系和意识由此产生。武士拔刀往往是为了饭碗,为了增加几石禄米,无所谓义。

江户时代父兄之仇是非报不可的,以复仇为终极目标,没有以民族大义化解个人仇恨之说。菊池宽的短篇小说《恩仇的彼方》里最终化解了仇恨,但感人的是仇人为民做好事并不指望赎罪,也不要求仇家放弃复仇,反而要成全仇家的复仇之志。1873年明治政府颁布法令,复仇虽出于至亲之情,但触犯国家的法律,予以严禁。美军占领了日本,怕他们报复,没收了一百万把刀。刀枪入库,也有些好看的日本刀被美国大兵据为私有。

武士不是侠,不是活在中国武侠的江湖上,而是平常过日子的人。他们附属于藩主,每天上下班,是上班族的原型。藤泽周平的短篇小说《黄昏清兵卫》描写一个低级武士为照顾病妻,不跟同僚交往,下班就回家。他身怀绝技,被主子选为杀手,断然拒绝,但主子答应帮他妻子治病,他就奉命拔刀了。无所谓义理,只有对妻子的那份感情动人心弦。

武士小说的市场主要被老作家垄断,长销不衰的是吉川英志、司马辽太郎、池波正太郎、山本周五郎、平岩弓枝、藤泽周平等。女性不大读武士小说,因为打打杀杀这种事,本不为她们的天性所爱。大约十年前出现所谓"历女",是一些喜爱历史的女人,除了看漫画、电视剧,走访史迹,也读点武士小说。

渡边淳一之阿寒

死在阿寒

北海道东边有一个阿寒湖,是旅游胜地,中国人去游玩的也很多。那里有温泉街,还有阿依努族的村落,给游客表演传统舞蹈什么的,以示阿依努民族文化还活着。

1952年1月,各大报纸纷纷报道一个女高中生从札幌失踪了,到了4月,冰雪消融,在俯瞰阿寒湖的针叶林边发现了一具尸体,正是下落不明的女生。她叫加清纯子,十九岁,在雪地里吃安眠药自杀。二十年后,渡边淳一写了一部长篇小说《死在阿寒》,主人公时任纯子的原型就是这个加清纯子,原来是渡边淳一的初恋。

小说第一句写道:"怎么死,脸才最好看呢?"

又过了二十多年,1995年角川书店出版《渡边淳一全集》,二十四卷。每月出一卷,每卷附送几页"月报",连载了渡边的随笔,十多年后结集为《告白的恋爱论》单行出版。后记中写道:告白的内容把他自己都惊呆了,当时可真敢写。写的是他过去"搞过的"或者叫"爱过的"十个女性。对于作家来说,作品是爱的结晶。例如某女性,三十七岁,有夫有子,早就是渡边的粉丝,偶然相识,必然做爱,让她初次尝到了性的愉悦。现实的"爱"膨胀为小说《失乐园》也就到了头,渡边不想再见她,当然更不会陪女人殉她的爱。那女性只有回归以前的生活,或许她读了《失乐园》,也把自己的这段出轨升华。

小说家常常用随笔来挑明真相或阐释思想。渡边淳一尤其爱张扬自己的男女之事,真真假假,甚至比小说更有趣。他不把自己写男女之事的小说叫恋爱小说,因为不是恋而爱,完全是恋而性,应该叫恋性小说。他有个主张,那就是写男女之事,这种类型小说如果不亲力亲为,没有实在的男女模特是写不来的,谷崎润一郎、川端康成、吉行淳之介都如此。女模特不断更新,但男模特似乎始终是渡边本人。东京的筑地那里有一间高级餐馆,叫"河庄双园",老板娘和渡边交往三十来年，看见他在报纸上连载《失乐园》，开场就很色，担心他健康不保，赶紧给他送来中药汤。2014年渡边淳一去世，两年后这家餐馆也关门大吉。

被渡边向天下告白的十个女人里，第一号就是加清纯子。

渡边淳一"初次和女性深度交往是十六岁高中二年级的春天"。他在北海道的首府札幌上初中，遇到一位好语文老师，买杂志放在教室里，杂志内容对于中学生来说有点难，老师说：哪怕看看目录也好。他教学生作文不要装，不要怕羞。若没有这位老师，可能淳一不会爱上文学。

高中是男女同校，和加清纯子同班。纯子给淳一写情诗，"昨日和今日同样日子来临，和你却一点也没有接近"。纯子不守纪律，不参加集体活动，有时课没上完就走了。老师不像训斥其他学生那样训斥她，因为她是天才的少女画家，得过很多奖，被另眼看待。渡边说他自己那时是一本正经的学生，起初对纯子并无好感，但情诗改变了他的态度，觉得纯子做什么都是可以原谅的。他把纯子的长相写得很俗套，什么白皮肤、大眼睛。天才是社会的宠物，纯子不过一少女，却早早厮混在老男人的圈子里。

纯子说自己患有结核病,冬天在校园里做雪雕还吐了血。她约会淳一,让淳一吻她,淳一害怕被传染,回家就赶紧漱口。但后来问主治医生,说纯子没有病,原来她总是在表演。纯子有点倦怠,有点玩世不恭。淳一被她带进当时属于文化大叔们的咖啡馆,喝威士忌,抽烟,既有窥见另一个大人世界的喜悦,又为超出高中生底线的堕落而不安。纯子还教会淳一,在艺术世界里平凡的常识性东西毫无价值。渡边曾反思,他们之间的爱为何没有更热烈,结论是因为没有性行为。或许纯子根本不需要他,对于纯子来说同龄的男人很幼稚,勾引他无非想毁掉这个三好学生。

和纯子的关系冷淡了,淳一专心准备考大学。某日,纯子在他窗下的雪地上放了一朵鲜红的康乃馨,这让淳一觉得纯子毕竟是最爱他这个同龄人的。但后来写小说,采访了几个和纯子有关系的老男人,原来那天晚上她在他们的家门口都放了一朵康乃馨。大概纯子做这个表演的心情是浪漫的。第二天听说纯子乘最早的一班火车去阿寒湖写生,便不知下落。淳一没看见纯子的尸体,二十年后写《死在阿寒》,确信纯子选择了冻死的死法,是要死得"比活着的时候更美,死得华丽"。这是她短暂一生的最后表演。

渡边淳一考上札幌医科大学,某日下课后被内科学教授叫了去,告诉淳一,他也和纯子交往过。札幌的渡边淳一文学馆里展示着纯子的自画像,本来是送给这位教授的,他转送淳一。也展示着纯子给淳一写的情诗,实物证明着初恋的真实。渡边常谈他的高中恋情,往事不仅没有随时间风化,反而越讲越清晰,简直像炫耀,令人怀疑是不是他写了小说之后产生的幻影。

"纯子谁也不爱",当我们用这种眼光审视她周围的人尤其是男人时,便看出种种卑劣。渡边探究纯子的内心,要把她塑造成自由地操作生死的胜利者,以致有意无意地忽略了周围世界对她的"加害"。现实的纯子,父亲是著名教育家,她初中时就显现出绘画的才能,师事某画家。十五岁时作品入选北海道画展,成为"天才少女画家",或许这就是人生早熟的悲剧之始。少女对自己的才能抱有疑虑,被诱入"处女画不出罗密欧与朱丽叶"的性爱陷阱,最终也没有得到快乐的性或爱。纯子去死,并非看透了这个世界,恰恰没看透。一具艳尸，也许是用以表示她拥有人生选择的自由，并报复那些用所谓爱猎取她的人，即便他们的失落和绝望不过是一时的。

这个小说渡边淳一是这么构思的——"水晶的结晶有六个面，才构成一个形状，十八岁的纯子也有几个面。小说要追寻每个面，作为一个综合体，塑造出纯子的形象。具体地说，首先是我看见的纯子这一面，然后是绘画老师看见的面，映在记者眼里的面，以及医生的面，摄影家的面，还有她姐姐的面，从这六个面照射纯子这块宝石。"小说由六章构成，再加上开头和结尾。

《死在阿寒》是渡边淳一的早期代表作。不少人认为他早期的小说写得好，真诚而简洁。渡边把自己的长篇小说分成三类：一是明确有原型的；二是说不清是谁，但头脑里想象某个人的印象的；三是几乎没有像原型的。《死在阿寒》属于第一类。它崭露了渡边文学的两个方向：一是取材于亲身经历，也就是传记文学的方向；二是以男女之事为主题，也就是恋爱小说的方向，沿着这个方向越走越远，甚至被贬为"下半身作家"。

渡边父母从事教育工作。出生百日母亲找算命先生给他算过命,说是将来会有名,但拈花惹草。这可能就是母亲对他的放荡不加劝阻的缘由,只是说"喜欢什么都可以尽情做,但是要自己负责"。女作家小池真理子回忆渡边淳一,说他喜欢女性,总是被女性围着,但女编辑、女作家心里有数:晚上绝不能一个人和这位先生在一块儿。酒席上坐在渡边旁边必被摸大腿,却好像没有人告他性骚扰,只能说是占了时代的便宜。从《死在阿寒》里毛孩子对性的懵懂向往,到最后一部小说《再爱一回》里老人的性无能,渡边淳一写完了性的人生全过程。

当过十年外科医生,又当了四十多年作家,他这样诠释两者的不同:"不知道患者的疼痛就不能诊察,但是和患者同样感到疼痛也不能治疗,需要与患者疼痛有别的客观视点。诊察要相当冷静,是施虐的行为,而写小说相反,是暴露自己内心的受虐行为。"

另一个渡边

2003年,七十岁的渡边淳一荣获紫绶褒章。当时的总理大臣是小泉纯一郎。证书是这样写的:"多年来作为小说家精进,发表了很多优秀的作品,为斯界之发展做出贡献,业绩卓著。"这让老渡边大为惊讶,他主要写男女之事,反公序良俗的作品很不少,有诲淫诲盗之嫌,竟然也跻身于"正人君子"之列了。

中国读者把渡边淳一捧为言情大师,大概看中的只是他言男女之情的恋爱小说。其实,渡边的作品有三类,除了恋爱小说,还有医学小说和传记小说,而且他本来写传记小说起家。

虽然母亲告诫他,学哲学吃不上饭,但少年渡边很想去京都读书,那里到处有古典文化。最后考上的却是札幌医科大学,不过,越学越感兴趣。写小说是写人,而医学是人学,让他思索人是什么。解剖尸体时驰骋想象,简直是文学的。读医的时候正式写起了小说。大学病院整形外科教授也是位诗人,能容许写小说,就到他手下当实习医生。一边行医,一边读研,同时写小说。三十岁时取得博士学位,当上助手,这才有薪水。1968年夏天,札幌医科大学胸外科和田寿郎教授的团队实施了日本第一例心脏移植手术,被称作壮举,轰动日本。但三个多月后接受移植的少年死亡,脏器提供者的死亡判定、移植适应等问题纷纷提出来。已经是整形外科讲师的渡边把这件事写成《小说心脏移植》;题名冠以"小说"二字,大致相当于纪实小说。"人自以为操纵科学,反过来也被科学戏弄",渡边在这个小说里对手术提出疑问,招来了校内的白眼,连整形外科的恩师也谴责他。这下在大学待不下去了,一步步当上教授的梦碎了一地。此地不留爷,爷当作家去。把退职金全部留给刚生了二胎的妻子,背上铺盖卷直奔东京。那年三十六岁,并没有成竹在胸。每周到医院打三天工,其余时间拼命写。一心要得个奖,因为获得芥川奖或者直木奖才好当专业作家。

擅长的领域是医学,他要写"花葬",记述日本第一个得到政府许可的女医生荻野吟子的事迹。到处查资料，了解当时的风俗和医疗状况。读到了一本《怀旧九十年》，作者是军医总监，荻野吟子请求他打开了女子也能当医生的大门。书中写到两个军人，一个姓寺内，一个姓小武，同期毕业，同样是大尉。1877年政府军平定西乡隆盛造反，两人同时右臂负伤，被子弹打成粉碎性骨折。当时没有抗生素，这种外伤化脓就可能并发骨髓炎，伴随高烧，以致送命。通常的疗法是尽快把胳膊切掉。两人开玩笑，以后成立一个独臂队，小武当队长，寺内当副队长。病历是小武在先，军医痛快地切掉他的胳膊。轮到寺内，军医忽而想做一个外科实验，决定不动刀。结果，小武伤愈，缺了一只胳膊，回家当老百姓去了。他本来姓阿武，默默无闻地度过一生，渡边没找到关于他的任何资料，只好名之为小武，整个是虚构。而寺内经过化脓、发烧的折磨，留下残疾，保住了胳膊。继续留在军队里。只能用左手敬礼，反倒成了战斗英雄的标志。此后不断地晋升，直至陆军大将，后来竟当上内阁总理大臣。他是第十八任，小泉纯一郎是第八十七任。如果说寺内的命运是光，小武的命运就是影。渡边淳一把这个世间不鲜见的命运捉弄写成短篇小说《光与影》，1970年获得直木奖。从此告别了从事十年的医疗现场，专事创作。首先感谢妻子容忍他的任性，也就是胡作非为。编辑约稿也不问写什么了，只是说"给我们写多少字"。在日本当作家无须由政府批准，没有一级以至四级之分，一旦获得芥川奖或直木奖，就得到社会的认可，被读者视为一流作家。

我以前在长春编辑一份叫《日本文学》的杂志，1984年做过渡边淳一专辑，刊登了《光与影》，由当时在中国作家协会工作的陈喜儒翻译。这个小说是渡边淳一写传记小说的起始，后来有《花葬》《遥遥落日》《静寂之声》等作品。

据渡边淳一的经验，写传记小说容易，写现代的恋爱小说难，因为传记小说或历史小说是已经在现实中生存过的人的足迹，而恋爱小说从零开始，需要靠想象力创造人物。他说："越写越被主人公吸引，以至于不想离开，然后又觉得很嫉妒，这样有魅力的人物不是自己创作的，早已存在于世。"渡边的作家节奏是写现代小说或恋爱小说写累了，就写传记小说换换心情，同时，在史实与虚构这一点上也是很好的学习。

长篇小说《静寂之声》写的是乃木希典夫妻的一生，渡边自诩这是他传记小说里写得最好的。三十三岁时短篇小说《死化妆》获得新潮社同仁杂志奖，到东京领奖，结识了北海道出身的老作家船山馨，被请到家里吃火锅。1981年船山馨病逝，当晚夫人也倒下，在场的渡边施加抢救，一时苏醒，但送到医院后去世。为船山夫妇守夜，渡边望着遗像，突然想到写乃木希典夫妇。乃木是武士，后来当上了陆军大将，甲午战争中率兵攻陷旅顺要塞，日俄战争中指挥旅顺围攻战，先后阵亡了两个儿子。明治天皇死后，乃木夫妻在家里自杀殉葬。

渡边致悼词，说船山馨"先生表面上耀武扬威，但没有夫人就什么也做不来"。他认为，男尊女卑，社会体制上男人在上，在家里却未必不是女人掌权，很多男人到底玩不出老婆的掌心。处于任何时代、任何地位，一对夫妇的基本形态都不变，乃木夫妇也不例外。

书名《静寂之声》的"静"就是指静子，死后乃木变成军神，静子被奉为烈妇，成为日本妇女的一面镜子，但是她真的是悲痛明治天皇之死，随丈夫用短剑刺胸以殉死吗？那天晚上八点明治天皇出殡，乃木告诉静子他决定追随先帝赴黄泉。"你也一起死吗？""跟我死吗？""我想两个人死，求你了。"这辈子丈夫第一次把头低得这么低。"我也害怕一个人死。"死在眼前，丈夫变得诚实了。从静子方面来说，如若不死，今后就只剩下她一个孤寡老人。通常认为是乃木先死，静子随后，但渡边淳一是外科医生，行医十年，判断静子身上被连刺了两刀，一刀刺到心脏，另一刀刺到肺，这是多么刚毅的人也做不到的，而且尸体前屈，衣裳不乱。乃木在肚子上切了十字，但致命伤是切断了颈动脉，伸腿倒地。渡边是这样描述的——乃木对静子说："我们一起死，但你是女人，看见我倒下以后可能死不成，而且女子的死相乱了很难看，所以我先刺死你，看你去了我再去，一定一起去，放心吧。"

"作家是解剖学家，他手里的笔是手术刀。"渡边要剥掉被神化的标签，还他们以普通夫妇的本来面目。他把乃木希典夫妇塑造成现代夫妻。《静寂之声》获得文艺春秋出版社的读者奖。渡边淳一发表感言："写小说时我几乎没意识到读者，说是无视有一点过分，但只顾写自己想写的。也因为想写的东西写不完，这个小说远远比当初的预定抻长了。"

日本向来有各种各样的亡国论，例如女大学生亡国论，移民亡国论，经济上有优衣库亡国论，文学上还有渡边淳一亡国论。这是一个叫福田和也的文艺评论家给渡边淳一定的罪。他贬斥渡边的作品，千篇一律的猥亵描写，对于人的浅薄理解，小说的结构简单得令人难以置信，却拥有很多读者，这就是日本民族"衰退"的征候。他还给渡边的几部小说打分，一百分满分，《花葬》得了最高分——四十九分，《失乐园》二十二分。

渡边淳一不写自传，因为他自己的那些事都写成小说了。

北海道文学

说到北海道，第一个词就是"道产子"。

本来指北海道的马。不是我们在电影上看见的大洋马，鬼子兵骑着耀武扬威，而是驾辕拉车的马，身矮脖子粗，为开发北海道做出了重大贡献。明治维新，新政府买来美国的铁甲舰，降伏了梦想建立"虾夷共和国"的旧幕府军，设置开拓使，将虾夷之地正式定名为北海道。像我国的闯关东一样，从各地闯到北海道的人开荒种地，生儿育女，北海道出生的人被叫作"道产子"。

渡边淳一是地地道道的道产子。

日本有四个大岛屿，北海道是其一。日本最大的行政区划是都道府县，道只有一个北海道。北海道基本是近代以来开发的，至今也就是一百多年的历史。

这块土地上几乎没有传说（本文不涉及阿伊努族）。带各地习俗、操各种方言的人混合，渐渐地，语言、文化平均化、标准化，并形成新的个性——不囿于传统和因袭，富有进取心。与土地之广相比，人口稀少，所以道产子不认生，爱说话。渡边淳一这样说：

"北海道是异国。即使在同样叫日本的国家，这里是和所谓日本不同的外国。那证据就是，第一次来北海道的人都嘀咕：简直像来到了外国。北海道的气候不用说，植物、动物，从人们过日子的方式到想法，都和所谓的日本不一样。这里说的日本，指本州、四国、九州。这些地方很辽阔，东西和南北有相当的距离，但是那也能统一在一个框框里。当然，像东北、北陆那样雪深的地方，和像宫崎、高知那样几乎不下雪的地方，相当冷的地域和温暖之地气候有差异，但不会有异国的感觉。那是因为人们过日子以及生活方式没有太大的差异，感觉上、文化上多有共同之处。"

对于渡边淳一来说，"北海道不是如东京人所想的遥远地方，不是旅行的目的地。不是他人或客体，而是我本身，所以我非常喜欢北海道风土。但另一方面，又有一种想要吐掉似的厌恶。夏天令人心情舒畅的凉爽,冬雪覆盖城镇的洁白,原野无边无垠的宽广,外地人异口同声地赞叹之种种,我却抱有阴暗而沉重的记忆"。

渡边生于斯,长于斯,三十六岁那年的春天走出北海道,走向东京。东京像北海道一样是一块殖民地,但一个位居中心,一个地处边缘。北海道是渡边的青春,是他形成血和肉的土地。渡边文学基本有三个舞台:北海道、东京、京都。北海道是立命之地,东京是发迹之地,京都是成名之后的享乐之地。他的北海道作品有传记小说、医学小说,东京作品则大写男女之事。成名以后去京都签名售书,被编辑领到祇园玩乐;日本的说法是,无名的作家被编辑领着玩,有名的作家领编辑玩。处于无名与有名之间的渡边玩得乐不思蜀,认识了当过舞伎的老板娘,从此月月跑京都。老板娘领他见识祇园以及京都。通晓了京都方言,甚至指摘川端康成的《古都》和谷崎润一郎的《细雪》里京都话说得不地道。京都作品《化妆》用女性视点写京都三姊妹的故事,让他认识到男作家写女性毕竟有写不到的地方,此后只写映在自己眼睛里的女性。每当去北海道,一到札幌就像是回到了自己的原点。渡边淳一"始终没有师傅,也没有对手,根基是母亲和北海道广阔的大陆式风土"。

日本各地有"乡土料理",但不大有"乡土文学"的说法。有时候会看见书名叫"京都文学散步""镰仓文学散步"什么的,大都是旅游的招徕。有两个地方例外。一个是冲绳,例外的原因在历史,那里本来是琉球王国,自古有独自的文化及文学,日本文学史中立一卷"琉球文学、冲绳文学"。另一个就是北海道,例外的原因主要在地理。对北海道文学的关心和研究基本局限于当地,1950年代起步,60年代至80年代蔚为大观,以《北海道文学全集》的出版达到了巅峰。风潮过去,踏实的研究在继续,2009年出版《为什么北海道是推理作家的宝库》,2013年出版《北海道文学事典》。

北海道文学大致有两部分。一是北海道出生或者移居北海道的作家的作品,例如以中国历史小说闻名的井上靖出生在旭川;二是以北海道为背景的作品,例如三岛由纪夫的《夏子的冒险》。北海道出现在文学中,最初是作家到北海道旅行或暂居,如幸田露伴的《雪纷纷》,国木田独步的《空知川岸边》,岩野泡鸣的

《放浪》。石川啄木也曾在小樽、函馆等地住过些日子，创作了优秀诗篇。他们用憧憬、认识、介绍北海道的多彩作品揭开北海道文学第一页。十月革命一声炮响，有岛武郎把自家在北海道的农场分给佃农，留下了描写北海道农民的《该隐的后裔》等作品，被誉为"北海道文学之父"。早期移民筚路蓝缕，以启山林，顾不上文学，到了20世纪初，出现了与这块热土血肉相连的作家。军国主义猖獗的年代，无产阶级文学在北海道独树一帜，代表是小林多喜二，他生在秋田县，四岁时随家移居小樽，自认此地是故乡。伊藤整与小林多喜二同代，一岁时随家移居小樽，是著名的小说家、文艺评论家，1950年翻译出版《查泰莱夫人的情人》被送上法庭。略晚些，有八木义德、船山馨等。太宰治死后，接替他走红的就是船山馨，但吸食冰毒，从文坛匿迹二十年，1960年代东山再起。1956年原田康子的《挽歌》畅销，引起北海道旅游热。八年后三浦绫子的《冰点》获得朝日新闻社一千万日元奖金，大畅其销。1966年札幌举办北海道文学展，翌年开设北海道文学馆，恰当此时渡边淳一登场。

　　京极夏彦、驰星周都是北海道人。京极出生在京极町，人家常问他，笔名取自故乡吧，他总是厌烦地回答没那回事儿。渡边淳一这一代乡土观念比较重，喜欢认老乡。出道不久，既入围过纯文学的芥川奖，又入围过大众文学的直木奖，不知写什么是好，就去找乡贤伊藤整讨教。伊藤说：编辑让你写什么，你就写什么，杂志在报纸上做广告，刊登目录，你的名字也跟着广而告之。知道同样大小的讣告要多少钱吗？等你有了名，就可以想写什么写什么。渡边淳一最想写男女之事。

冲绳人把冲绳之外的日本叫"本土"，北海道人则称之为"内地"，有一种自外于日本的情结。"日本"在北海道人的眼里是什么样呢？伊藤整说："我二十岁时头一次去内地旅行，从火车看见的竹林非常美。我不倦地眺望反射光亮、随风摇曳喧闹的竹林之美。'日本'被这一切风物所象征。但对于我们来说，都是遥远的、不曾见过的土地的风物……我们是生长在拟日本式的、绝不能称作日本式的种种特色中。"

正是"拟日本式的"的风物和特色使北海道作家别具面貌，北海道文学在日本文学史上独立成章。风土和历史使北海道充满了固有的东西，在那里生长的人或者移居那里的人写出来的文学,总是以固有的东西给生活在日本列岛上其他地方的人们以冲击。例如仓本聪,他是东京人,搬到北海道的富良野,写出电视剧脚本《来自北国》,名声大噪。

对于以东京为中心的日本人来说,那里是遥远的地方,什么事情都可能发生,所以村上春树的小说常写北海道。他写了一位来自北海道中顿别镇的年轻女司机:"轻微短促地呼了一口气,把带火的香烟弹出窗外丢掉。大概在中顿别镇人们普遍这么做吧。"中顿别镇是真实的存在,镇议员上网浏览本镇知名度,认为随便丢烟头之说侮辱了家乡。村上道歉:"我喜爱北海道这块土地,迄今访问好多次,也作为小说的舞台使用了几次,还跑过佐吕间湖马拉松。自以为完全是怀着亲近感写了这个小说,出单行本时会改成别的名字,以免添更大的麻烦。"不明白小镇可以借村上的作品扬名世界,似乎也只有北海道才会出这种煞风景的傻瓜。

远藤周作之宗教

生活随笔

日本传说远藤周作曾入围诺贝尔文学奖。哲学家梅原猛也说过这事儿：听说天主教不认可远藤的小说《沉默》，入围却未能获奖，就因为天主教反对，所以和宗教几乎没有关系的大江健三郎得了奖。虽然梅原猛是当作流言讲的，但作为文化名人，讲了就会有很大的影响。

远藤周作是活得特别有意思的作家。

小时候淘气，用现在的话说，是个熊孩子。胖乎乎，戴一副深度眼镜，净做些让周围的人目瞪口呆的傻事。譬如小学一年级时在院子里种牵牛花，母亲告诉他天天浇水就会发芽开花，于是放学回来就浇水，下雨天也打着伞大浇其水。母亲说天下雨就用不着浇水，他这才恍然大悟。

远藤说自己晚熟，而哥哥早熟，从小到大是优等生。哥哥告诉他，不会也不能交白卷，他就在"证明三角形的内角之和为一百八十度"的考卷上写了：对，完全对，我也这么想。

成名之后出席梵蒂冈驻日使馆的宴会，一个老妇人走过来说：我好恨你哟。在神户的时候我孩子不去教堂，说有个叫远藤周作的坏小子朝他扔石头。

远藤文学像一株大树，根子深深地扎在童年、少年时代，不是有妈妈或者奶奶给他讲故事，而是他本身的体验。晚年回忆人生与文学，他曾这样说："大连时代的事情，自己不当小说家就不会去想了。小说家挖掘自己的无意识深处，探寻无意识深处隐藏的东西。如果有所谓源泉，那么，幼年时代的异乡体验是我走向小说家的第一颗小种子。"

1923年出生在东京，半年后发生关东大地震，死了十万多人。父亲是银行职员，调任大连，小远藤也跟着来到异乡。母亲看见一个当地卖咸菜的十四五岁少年可怜，雇他当用人，每次远藤被父亲申斥时，少年就挡在中间护着他。少年注视他的眼睛印在他心里，渐渐具有了意义，发展为笔下耶稣的目光。

远藤上小学、上中学时成绩非常差,高中也考了三年。自愧不如哥哥不如人,抱有劣等感,但母亲从来不比较哥俩儿,总是鼓励他:你有一个长处,那就是会写文章,会说话,可以当小说家呀。

据说大多数日本男人对母亲抱有"对不起"的心情。远藤的母亲毕业于音乐学校,专修小提琴。父母不和,他夹在中间。把母亲丢在家里,跟父亲去动物园,或者到外面吃饭,他觉得这是自己对母亲的背叛,心里有一种愧疚。

十岁时父母离婚,远藤一辈子憎恨抛弃了母亲的父亲。母亲带两个儿子回到日本,投靠神户的姨妈。姨妈信奉天主教,母亲也开始上教堂,不久受洗。远藤十二岁时受洗,落入异文化世界。这不是生活的变化,而是人生的变化。日本推行战争的年代基督教被视为敌对宗教,警察逼问教徒,上帝和天皇谁了不起。基督教家庭的孩子受欺负,只好在学校里装作不信教。

父亲希望儿子读医学,但远藤自知考不上,偷偷报考文学系,暴露后父亲大怒,断绝了父子关系。1948年从庆应义塾大学法文科毕业,1950年作为日本战败后第一批留学生远赴法国,研究法国现代天主教文学。

日本处于美国占领下,巴黎还没有日本大使馆,日本和欧洲之间飞机通航要等到1955年以后,远藤是坐船从横滨启程的。在昏暗的四等舱里摇晃一个月抵达马赛。途中停靠马尼拉等港口,不许日本人上岸。战败国的国民去战胜国的大学留学简直像做梦。日本人憧憬欧美,而欧美人不知道日本,法国人问他,日本人睡在稻草上吗?

1952年夏天患上肺结核,久治不愈,1953年年初回国,留学两年半。他从法国给日本写通讯,"说到法国学生,一般认为他们对时代的感觉很敏锐,富有反叛精神,思想灵活,但是我来这里知道了,那是出于意外的想象。日本学生的智慧、精神水准比法国学生低,未免想过头了。"

回国后远藤写了《有色人种和白色人种》一文,有云:

> 那天黄昏,我比朋友晚了很多到船上的厨房领晚餐,但白人伙计对我来晚了大声喝斥,还用力推了我一把。"我是乘客。"我喊道。"乘客?"伙计笑了,"四等的家伙算不上乘客。可怜你们黄

色人、黑人才让你们坐船的。"肮脏的黄色人！他分明这样冲我吼。这是我有生以来第一次由于皮肤的颜色受到侮辱——黄色人的我最初被抛入白人当中的时候。

这让我们想起夏目漱石，1900年他留学英国，觉得自己"在英国绅士之间好似一只与狼为伍的狗"。留学受挫，最终导致夏目漱石转向文学创作。远藤周作也如此，他说："本来赴法是打算留在大学的研究室，但在赴法的船上渐渐引起心境变化，变成想写小说了。在这个意义上，对于我这个战犯国的国民来说，里昂的寒冷而独孤的生活很有用。"里昂是"魔都"，他眼光冷彻。长篇小说《海和毒药》的创作笔记中写道："我喜欢看作恶犯罪的场所，这种倾向一定是在里昂养成的。不过，我从小抱有的某种怀古趣味也是个原因。然而，不是行善的场所，而是作恶的场所能令我感动，出于我把人性恶看作故事的本质。"夏目漱石和远藤周作都认识到与西方的距离，自卑感膨胀，这种自卑是个人的，更是东方的。这种自卑感，周作人称之为"东洋的悲哀"。思考东方和西方是远藤周作的毕生课题。

芥川龙之介是夏目漱石的弟子，堀辰雄是芥川的弟子，远藤周作是堀的弟子。1955年，三十二岁的远藤以小说《白色的人》获得芥川奖，母亲已经在两年前病故。从她的钱包里发现一个剪报，是远藤小学时写的一首诗，被登上报纸，母亲始终相信并期待儿子。1966年出版的《沉默》是依据史实创作的历史小说，描写天主教在日本传教失败的历史。题目的意思是，为什么信徒非遭受迫害不可呢？对于这个质疑，耶稣不回答，一直沉默着。小说里潜入日本传教的葡萄牙人神父叛教，因为比起教会、布教，更要紧的是解救眼前被倒悬的三个信徒，就是耶稣在此，也会这么做。

基督教文学是严肃的，那么，远藤从淘气包变成不苟言笑的绅士了吗？他说，他可不好意思做严肃状、深刻状、虔诚状，人到中年露出另一副脸孔。三十七岁时肺结核复发入院，先后手术了三次，心脏也一度停跳。为呼吸新鲜空气，大病之后搬到当时知识人向往的近郊，命名新居"长寿庵"，但朋友笑他，简直像荞面馆的招牌，于是改为"狐狸庵"，自称"狐狸庵山人"。三岛由纪夫讨厌这种老气横秋的字号，他回答：这种生活方式很快活嘛。用HB的硬铅笔写天主教小说，又拿起3B甚至更软的铅笔写"吊儿郎当"的诙谐随笔，恣意施展他爱搞恶作剧的天性，把自己的人生和生活加以漫画化，无伤大雅，也别有社会意义。

人都有两张面孔，一张是给别人和社会看的，也定型在本人的意识里，还有另一张隐藏着，悄悄地遥控外表的面孔，而远藤用"远藤周作"和"狐狸庵"两个名字把两张面孔都亮了出来。如果说他的小说多是一本正经吃的大餐，那么，《狐狸庵闲话》之类的随笔就是街头小吃。朋友说《海和毒药》让人想象他一脸严肃，但生活中他是狐狸庵山人，认真谈文学时也会突然问起女演员的八卦。几年间"吊儿郎当"系列销行一百万册，出现狐狸庵热。书热人也热，甚至上电视做广告，当然是一副搞笑的模样。

远藤有一本随笔集，书名是"不能毅然而死的人哟，那就不好吗"，这像是他的人生观。一生住过十次医院，动过八次手术。活了七十三年，1996年因肺炎去世。遗愿是把《沉默》和《深河》两部作品随葬。

2017年美国导演马丁·斯科塞斯又把远藤周作半个世纪前出版的《沉默》搬上银幕。

宗教小说

远藤周作是基督教作家。

一般的理解是他信奉基督教，作为教徒从事写作，所以被叫作基督教作家，他的文学也就是基督教文学。远藤留学法国两年半，研究法国现代天主教文学，让他吃惊的是，对于法国人来说，基督教、天主教不是在日常生活中议论、怀疑的问题，而是生活本身。程度不同，几乎哪个作家都可以算作基督教作家，并非特别有基督教文学或者天主教文学。所谓基督教文学，容易成立的地方倒是在异教徒和不信教的人占绝对多数的日本。

英国作家格雷厄姆·格林说："我不是基督教作家，只是我的作品里偶然有神父登场罢了。"日本作家里椎名麟三、三浦绫子是新教信徒，曾野绫子是天主教信徒。作家虽然上教堂，但未必为基督教而写。芥川龙之介的小说《奉教人之死》，背景是织田信长和丰臣秀吉先后称霸的时代，以长崎为舞台，描写一个天主教信徒的遭遇，但没有人说他是基督教作家。远藤周作不是神学家，也不曾系统地接受神学教育，之所以被视为日本第一个基督教作家，是因为他用文学的形式深入地探究，一神教的基督教能否在风土完全不同的、信仰多神的泛神论日本落地生根，一言以蔽之，日本人与基督教、东方与西方是他的文学主题。他说："我觉得在我之前用同样主题做工作的前辈一个也没有，其技术和方法也必须自己一个人开发。"

四百多年前的1549年，耶稣会创立者之一的弗朗西斯科·沙维尔等人上岛，是为基督教传入日本之始。当时用汉字把葡萄牙语的天主教译作"吉利支丹"，禁教后写成"鬼理死丹"。后世避幕府将军德川纲吉的名讳，改为"切支丹"——"切"的发音同"吉利"。不知是本来不关心宗教，还是耶稣会用铁炮交换，志在统一天下的武将织田信长允许布教。一时间信徒猛增，连大村藩的藩主大村纯忠也改信天主教，把长崎港周围捐给耶稣会。聚众,对于权力来说是一个威胁,统一了天下的丰臣秀吉突然翻脸,下令驱逐神父。清末随我国第一任公使驻日的参赞黄遵宪说,丰臣秀吉是"怒其惑众"。长崎还处死二十六人,其中二十人是日本人信徒,后世奉为"日本二十六圣人"。丰臣秀吉继续做海外贸易,驱逐令效力并不大。德川幕府执掌天下后,对基督教由默认转变为镇压,1614年颁布禁教令,1634年又发出锁国令,只许约定不传教的荷兰进行贸易。

日本被美国炮舰敲开了国门,传教士接踵而来,1865年在长崎建天主堂。潜伏两百多年的天主教徒出现在法国神父面前,令梵蒂冈大为感动。明治政府也禁教,树立告示牌:切支丹邪宗门禁制。但事关修改不平等条约,明治六年(1873年)终于撤去告示牌,默认基督教布教。传教士如潮水一般涌入,他们知道不能光嘴上讲耶稣基督的爱,还要办实事,于是建学校、医院、孤儿院等,提升基督教的形象,增加信徒。

1945年战败以前,国家是神道体制,对基督教布教加以限制。战败后处于美国占领下,信教自由。占领军总司令麦克阿瑟将军对皇太子的家庭教师强调,基督教在日本扎根很重要。基督教在知识阶层流行，天皇以及皇族也积极地接近，形象很不错，但改宗入教者不多，好似一本好书没销路。究其原因，可能是日本人的信仰自佛教传入后不曾出现过空档，基督教难以乘虚而入。日本人在接受了文明教育之后才遭遇基督教，难以相信处女怀胎、奇迹、复活等教义。基督、圣母的图画上都是白人，也没有亲切感。日本有五百六十五所基督教系统的教会学校，让孩子上教会学校的父母很多都不是信徒，只因学校好，而且不信教的学生毕业后受洗入教的也不多。据政府部门统计，截至2016年年末，日本全国有基督教信徒一百九十多万人，占信教人数的百分之一点一，天主教信徒的比率为百分之零点三。而佛教徒为百分之四十八点一，神道为百分之四十六点五。

德川幕府镇压天主教用了一个损招，叫"踏绘"，就是踩一脚耶稣或者圣母的像，抗拒即判为教徒，强迫改宗，不改则大刑伺候，乃至吊上十字架。起初是画在纸上，容易破损，随着踏绘制度化，铸成铁的或铜的踏板。施行踏绘最严厉的是长崎衙门，有三十块踏绘板。远藤周作四十一岁时第一次去长崎，偶然看见了一个镶嵌在木板上的铜制踏绘。他说："假如我生在那个时代，恐怕我会把脚踩上去。那时基督应该很清楚我们的难过、悲哀。'踏吧，快点儿踏吧。'他一定这样说。他的眼睛那时是怜爱人的悲惨而与之同化的眼睛。"这就是《沉默》的主题。

费雷拉是耶稣会士，1580年前后到日本传教，遭受酷刑而弃教，改名泽野忠庵，协助清理教徒。在欧洲人看来，世界尽头的一个小国居然有布教多年的神父屈服于异教徒，抛弃神及其教会，这不是一个人的挫折，而是整个欧洲信仰与思想的屈辱和失败。小说由此写起。三个受过费雷拉教育的年轻神父不相信他会像狗一样屈从，一定是壮烈殉教，为弄清真相，冒险潜入禁教的日本。其中一人是小说主人公罗德里格斯，他的原型是意大利出生的基亚拉神父，1643年偷渡到日本，被捕弃教，娶死囚的遗孀为妻，顶替了死囚的名字冈本三右卫门。

费雷拉劝说罗德里格斯弃教，感叹日本不能在真正意义上接受天主教信仰，"这个国家是比想象更可怕的沼泽地。什么苗种在沼泽地里，根就开始腐烂,叶子枯黄。我们就是在这块沼泽地上种了基督教的苗"。

写《沉默》期间远藤经常在纸上写这句话:"踏的脚比被踏的脸更疼。"年年踏绘,不踏就活不下来,那些转入地下的信徒一年一度地叛教。坚持天主教信仰,表面却要用观音菩萨代替圣母。他们内疚,希望耶稣容许这样的卑怯和懦弱,惴惴不安地活着。宁死不踏是殉教者,怕死而不得不踏是叛教者,前者光荣,后者可耻,但牵动远藤的心的是后者。他们是怎样的心情踏上去的,踏过之后怎样度过人生?远藤用母亲对孩子的慈爱与宽容来解释基督,这样的基督像母亲一样容忍信徒的行为,富有人性。

远藤少年时跟着母亲受洗入教,这个信仰并不是他自己的选择。对于他来说,天主教好似母亲给他穿上的一套洋装。到了青年时代,他觉得不合身,袖子长裤子短,很是不好受。几次想脱下来,换一套合身的衣服。可是,脱不下来了,因为没有其他可穿的,也因为对母亲的爱,不能背叛母亲。于是他决心修改这套洋装,把它改得合身,解决身为日本人却是个基督徒的矛盾。对于作家来说,宗教不只是理论,也是感觉。远藤写这种不适感，写他的纠结与斗争。

日本人善于改造，基督徒也并非信仰唯一绝对的神，而是和日本风土相结合，把它变了形信仰。费雷拉对罗德里格斯感叹："日本人把上帝和大日如来混同，从那时就开始按照他们的方式扭曲改变我们的神，而且造出别的东西。没有了语言混乱之后也继续偷偷地扭曲和改变，甚至在你刚才说出的布教最兴盛的时候他们信的也不是基督教的神，而是加以扭曲的东西。"

长崎是天主教据点，信徒比率现在也是日本最高的。远藤周作多次去长崎取材，说："长崎不是我的故乡，但几年前开始考虑以这个城市旧时代为背景的长篇以来，多少次造访，成为我的心的故乡。"这个长篇小说就是1966年出版的《沉默》，该年度第一畅销书是基督徒三浦绫子获得千万日元奖金的小说《冰点》。

2000年长崎建造了远藤周作文学馆，附近有两块大岩石，一块上镌刻"沉默之碑"，另一块上是远藤语录："人这么悲哀，主啊，海却太蓝了。"

芥川龙之介之短篇

芥川龍之介選集

故事新编

鲁迅生前出版了三部小说集,《呐喊》《彷徨》和《故事新编》。他病故于1936年,当年出版的《故事新编》收入八篇作品,从1922年的《补天》到1935年的《起死》。本人在序言中说:"从开手写起到编成,经过的日子却可以算得很长久了:足足有十三年。"鲁迅的第一篇白话小说《狂人日记》发表于1918年,所以,几乎整个文学生涯都在写"故事新编"。

学者钱理群讲过人们认识鲁迅作品的过程:在开始的时候,大家比较关注《呐喊》《彷徨》和鲁迅的杂文,中学语文课本里所选的鲁迅文章恐怕大都出自这两部小说和杂文,到了1980年代人们比较关注《野草》,到了1990年代、21世纪初,至少在学术界,就都对《故事新编》感兴趣。不过,也有学者对钱理群所说的学术界不以为然,那就是李泽厚,他说:"我不喜欢他的《故事新编》,我觉得《故事新编》基本上是失败的。"

芥川龙之介创作的小说很多都属于"故事新编"。

取材于古典,芥川称之为历史小说。芥川文学和古典文学有着千丝万缕的关系,简直可以说,若没有这些文学古典,特别是《今昔物语集》,就不会有作家芥川龙之介。此书大约编撰于12世纪前半;平安时代已到了末期,社会动荡不安,武士兴起,登上政治舞台。《今昔物语集》是短篇故事的汇编,总共有一千多篇,分为天竺(印度)、震旦(中国)、本朝(日本)三部分。那时候日本人知道的全世界就是这"三国"。人物非常多,上自天皇、皇帝,下至平民百姓,从神佛到鬼怪,以及动物昆虫,五花八门。每篇都是用"今昔"二字开头,意思是话说从前,就好像我们讲故事,开口说很久很久以前。不知何故,《今昔物语集》成书后几乎被忘却,18世纪刊行于世,也只是被研究者当作历史资料,地位不能与和歌、物语相比。直到芥川从中发现了"原生态之美",拿来当素材,创作出超越时代的现代小说,它才被列为古典文学,广为人知。

从镰仓幕府到江户幕府长约六百八十年，天皇靠边站，武士执掌国柄，史称武家时代。此前天皇亲政的奈良时代、平安时代是王朝时代，所以芥川的故事新编被称作王朝小说。《某日的大石内藏助》，写的是江户时代官职为内藏助的大石良雄替主子复仇以后的事，不属于王朝小说。他的第一篇王朝小说是《罗生门》，发表于1915年。

关于芥川龙之介，为纪念他而设立芥川奖的作家菊池宽这样说："恐怕今后绝不会再有教养像他那样高，趣味卓越，和、汉、洋（即日本、中国、欧美）学问兼备的作家。集旧日、汉传统及趣味与欧洲学问、趣味于一身，在这一意义上，他是过渡时期日本的代表性作家，因为我们之后的时代绝不会把和、汉的正统传统与趣味表现在文艺上。"

芥川生于1892年，辰年辰月辰时，辰龙巳蛇，取名龙之介。父亲出身山口县，母亲是东京人。出生八个月，母亲疯癫，这是他一生的阴影。被寄养在母亲的娘家，姓芥川，那是个喜好文学的家庭。他受到早期教育，培养了速读的特殊能力。爱看连环画似的故事书，尤其是《西游记》改编的《金毘罗利生记》。户主是舅舅，龙之介主要由一位终生未嫁的姨妈精心抚养。"要是没有姨妈，不知会不会有今天这样的我。"姨妈培养了龙之介为人有礼貌、腼腆的性格。她溺爱外甥，把他丢进纸篓里的废纸也捡起来弄平保存，日本近代文学馆得以收藏大量的芥川废稿纸。十二岁过继芥川家，舅舅变成了养父。芥川曾写道："我因为有大川（隅田川）爱东京，因为有东京爱生活。"1913年按部就班地考入东京帝国大学英文科，惊讶大学生里有很多大叔。《新思潮》杂志第三次复刊，应邀为同人，1914年发表短篇小说《老人》，这是他的处女作。

爱上才貌双全的吉田弥生，做结婚之想。家里人大加反对，理由是门户有别，芥川家几代为德川幕府管理茶室。失恋给芥川的青春以沉重的打击，觉得"周围丑陋，自己也丑陋，看着丑陋活是痛苦的"。或出于反抗，经常去青楼，自甘堕落。热心读《圣经》，但他过于理性，宗教拯救不了这种人。1927年服毒自杀，枕边也放着《圣经》。自杀并没有多么复杂的动机，"只是漠然的不安"。其实对于作家来说，从现实的束缚中获得解放也并非难事，《罗生门》就是写这个主题。

《罗生门》的素材取自《今昔物语集》中的《登罗城门上层,见死人、盗人语》,还摘取了《大刀带阵、卖鱼妪语》。鲁迅的《故事新编·起死》借用《庄子》里的一段寓言,原文不足三百字,扩展成将近五千字的小说。用日文计算,《罗生门》也有五千多字,被利用的两篇原典各为五百来字,就算作一千字,那么,芥川在小说里增添了什么内容呢?素材是古典的,心理是现代人的,思想是芥川的。开头写道:"那是一天傍晚的事。一个下人在罗生门下避雨。"这个年轻的下人被主人解雇,在灾难连连的京都,他考虑,等着饿死呢,还是当强盗活下去,他没有一套说法来做出抉择。登上城门楼,发现一个老太婆在拔死人的头发。他认为老太婆干的是坏事,拔刀横在老太婆眼前。老太婆说:我拔死人的头发做假发,这个女人活着的时候可是用蛇冒充鱼干卖给侍卫房,不过,"我不觉得她干的事不好,不干就饿死,没法子吧。所以我现在干的事也不觉得是坏事哟,要是不干就得饿死,同样没法子。"老太婆是宣传家,她的逻辑简单而朴素,下人立刻就理解,乃至接受。饿死与作恶之间二者选一,下人决定要干,要革命。芥川写道:"下人的心里生出了某种勇气,那是刚才在城门下这个男人所缺少的勇气。而且,还是和他刚才登上城门抓住这个老太婆时的勇气完全反向运动的勇气。"就是说,他抓住老太婆的勇气是为善,而现在所产生的勇气是作恶,于是扒光老太婆的衣服逃之夭夭。小说最后一句是"下人已经急匆匆冒雨去京都城里做强盗"。京都又多了一个强盗,想必会作恶多端。这个下人没有鲁迅《故事新编·起死》里庄子那种活就是死、死就是活的达观,在不是死就是活的现实里当强盗去了,甚至可能用别人的死换来自己的活。后来芥川把结尾改为:"谁也不知道下人的去向。"更具有文学性,余音袅袅,却也把下人的从此以后的命运交给读者去想象。日本中学的各种国语教科书都选用《罗生门》。

1916年同人杂志《新思潮》第四次复刊,芥川发表第二篇王朝小说《鼻子》,取材于《今昔物语集》的《池尾禅智内供鼻语》。原典像是说笑话,很简单,没有心理描写。池尾那地方有一个老和尚,叫禅智内供。他长了一个长长的鼻子,吃饭时需要徒弟用一根木条给他抬起来。这样的鼻子很伤他的自尊心。徒弟从医生那儿学来办法,总算把鼻子弄短了。和尚改变了自己,也改变了人们的嘲笑对象,对这种改变产生敌意。终于有一天鼻子又返回原状,和尚的心态也恢复了旧日的正常。鲁迅的《故事新编》有一个常见的主题,那就是现状改变之后怎么办?后羿射掉了九个太阳之后,女娲造人之后,大禹治水之后,都面临了老和尚遭遇的尴尬局面。鲁迅说自己写《故事新编》"从认真陷入了油滑",大概油滑指的是字里行间总闪现杂文的影子,随手投出一把把匕首。读芥川龙之介的小说我常想到鲁迅,譬如那篇《橘子》也颇像鲁迅的《一件小事》。

芥川小说的基调是理智与幽默。夏目漱石对《鼻子》大加称赞,给芥川写信勉励,说"材料非常新""有上品之趣""能成为文坛上无与伦比的作家",默默无闻的大学生芥川一下子扬名天下,这个作品堪称他的成名作。

芥川出入夏目漱石的漱石山房,是门徒之一,却不像漱石那样喜欢羊羹,他觉得"羹"字好像长了毛。

中国游记

芥川龙之介游历中国，采访了各类政治性人物；谷崎润一郎旅游中国，交往了一些文艺界的青年才俊。二人都不曾见到鲁迅，令我们深以为憾。我们以为鲁迅那时候也像今天一样备受敬仰。

芥川致力于创作，学习成绩也照样优异，1916年从东京帝国大学毕业。到横须贺的海军机关学校教英语。一年后结婚，迁居镰仓。工作之余，创作《地狱变》，发表在大阪的《每日新闻》。谷崎润一郎的《春琴抄》写迷恋女人，而《地狱变》写迷恋艺术。文艺评论家正宗白鸟甚至"毫不犹豫把这一篇推荐为芥川龙之介的最高杰作"。

两年半辞去海军的教职；当时日本正大力扩张海军，和美国比着造军舰。受聘为大阪每日新闻社的客座社员,只须每年写几次小说,不必上班。月薪一百三十日元,同时被聘用的菊池宽是九十日元。从此当专业作家,又搬回东京的田端。交通不发达,电话未普及,住得近,便于交往,田端形成文士村。起初都是艺术家,有了芥川在,渐渐作家多起来。芥川把书斋名为"我鬼窟",平日里谢客写作,周日会友,谈笑风生。在东京广为交际,结识了有夫之妇秀茂子。小说《秋》的素材就是她提供的。芥川在自传小说《某傻子的一生》里写过,发疯的女子吸着烟,风骚地对他说:那个孩子不像你吗?不像。他恨不能掐死说这话的女子。越来越觉得秀茂子粗俗不堪,只有"动物性本能"很旺盛,要逃离这个女人,可能是他决然去中国旅行的不可告人的理由。

谷崎润一郎回国后写了一篇游记《秦淮之夜》,记述他在南京找妓女,芥川从中获得启发,创作了小说《南京基督》,把角度从嫖客换成妓女,写她对基督的信仰。后来芥川也去了南京,看见"秦淮是一条普通的河沟"。

芥川从小对中国感兴趣。少年时代爱读的书第一是《西游记》,第二是《水浒传》。喜爱汉诗和南画,中国是这些文学艺术的故乡。1918年给一位住在上海的中学同学写信,说:"我也想去支那,但汇率上涨,更没有钱了,在生活这一点上对你大为羡慕。"他托这位同学买书,写道:"读《金瓶梅》以及《痴婆子传》、《红杏传》、《牡丹奇缘》、《灯蕊奇僧传》、《欢喜奇观》等淫书,觉得中国人开化的野蛮性有意思,好像上海的书店有很多这种淫书,如果有前面提到的以外的东西,请送给我。"1921年又写信:"听说支那的书中有写了杨贵妃生殖器等事的书,叫什么?教示为幸。另,那类书里若有有趣的,请告诉我。"他爱读淫书,中国的四大奇书《如意君传》《痴婆子传》《肉蒲团》《杏花天》都读过,但他本人的作品很干净,这也是能上小学、初中、高中课本的条件。1970年代日本有一本黄色小说重现江湖,叫《红帽子的女人》,署名"默阳",传为芥川的笔名。让他遭受无妄之灾的原因是1913年有人组织了一个会,叫"相对会",研究性心理学,出版会刊《相对》,一直活动到1944年。会员有作家坪内逍遥、内田鲁庵、金子光晴等,芥川也在其间。1950年代翻印会刊,被警察追查,流入地下,变成了黄色刊物。

民国年间日本人来中国,大概像当今中国人去日本。谷崎润一郎两次游中国，第一次是1918年，第二次是1926年，芥川在这当中的1921年访问中国。不是谷崎那样的自由行，而是作为大阪每日新闻社特派员，从3月下旬到7月上旬游历一百二十余天。动身时感冒未愈，到上海后住院静养三个来星期，所以是苦旅。回国后在报纸上连载《上海游记》《江南游记》，后来又加上《长江游记》《北京日记抄》等，合为《中国游记》。有游记的趣味，但终究是记者为报纸而写，不得不接触中国的现实，"净考虑比艺术低好几等的政治"。最妙的是这句话，可能如今也如此，他说："谁都想去中国看看，必定待一个月就莫名其妙地想议论政治了。"从芥川文学来说，新闻报道似的《中国游记》是次要的，但报道的是中国，我们中国人格外感兴趣。《中国游记》出版一个月之后夏丏尊就把它翻译过来，引以为鉴，却也惹恼了好些中国人，其一是巴金，写了《几段不恭敬的话》，说自己对芥川龙之介的作品抱有反感。这几段话是1935年写的，芥川已自杀七八年，后来巴金对芥川又转变了态度。

芥川不过是客串了一下记者，但他认为自己果真有记者才能，好似电光，起码像舞台的电光一样闪亮。

什么是记者才能呢？首先是洞察，即能否看清现实，看透真相。"读中国的小说，神仙化作乞丐的故事很多"，但是在上海街头看见乞丐，他知道那些乞丐不是神仙。上海被西化，也有了西方式公园，公字当头，却不许华人和狗入内，芥川不禁讽刺了一句"命名妙极了"。芥川对中国的憧憬来自中国的古典文学，亲眼所见的现实打碎了文学性憧憬。

谷崎润一郎两次去中国，前后的看法近乎一百八十度大转弯，也是因为他第二次在上海接触了田汉等年轻革命者。芥川对中国的坏印象未必都是他自己的观察所得，也深受中国人影响。登门造访章太炎，这位清末民初革命家此时已埋头于考据学，但"话题始终是以现代中国为中心的政治和社会问题"，大谈中国现状之可悲。芥川说："现代的中国有什么呢？政治、学问、经济、艺术，统统在堕落。尤其是艺术，嘉庆道光以来有一个值得骄傲的作品吗？而且，国民不分老少都在唱太平歌。或许在年轻的国民中多少能看见活力，但事实上他们的声音也没有巨大的热情能震撼全体国民的心。我不爱中国，想爱也爱不起来。目睹了国民性腐败之后还能爱中国，恐怕不是颓废至极的享乐主义者,就是浅薄的中国趣味憧憬者。不,即使中国人本身,只要心没有浑浑噩噩,就应当比我一介游客更厌恶不堪。"由于失望,笔下自然就多了讥诮和批判,但他说现代中国的坏话,基本是章太炎的原话——"现代的中国令人遗憾,政治上堕落,公然舞弊,或许可以说比清末有过之而无不及,学问艺术方面尤为沉滞。"

三年后芥川又回想章太炎的谈话,写道:"先生那时候的话还回响我耳畔,他说:'我最厌恶的日本人是征伐鬼岛的桃太郎。对喜爱桃太郎的日本国民也不能不多少抱有反感。'先生的确是贤人。我经常听外国人嘲笑山县公爵,赞扬葛饰北斋,痛骂涩泽子爵,但是还没有哪个日本通也像章太炎先生那样给了从桃子生出来的桃太郎一箭。不但如此,这位先生的一箭比所有日本通的雄辩都远远含有真理。"芥川就用这个真理写了一篇小说《桃太郎》。也有人指出,芥川对桃太郎的残暴行为的描写预言了南京大屠杀。

虽然一些中国人对芥川"这位作家的艺术良心就起了根本的疑问了",但我们有鲁迅,他翻译过芥川的《罗生门》与《鼻》,这个《中国游记》也是出版不久就买了。他写下的这段话说不定就是读后感,见《灯下漫笔》:"凡有来到中国的,倘能疾首蹙额而憎恶中国,我诚意地捧献我的感谢,因为他一定是不愿意吃中国人的肉的!"

芥川龙之介也去了北京,关于紫禁城,只写了一句:"那是梦魇,比夜空更庞大的梦魇。"不过,对北京还是有好感的,甚至说可以住几年,或许北京的城墙、胡同还残留些他憧憬的影子。

从上海回国后,芥川龙之介的身体一直不好,瘦得像一只螳螂。

短篇小说

像我们的鲁迅一样,芥川龙之介也只写短篇小说。他是近代日本最典型的短篇小说家。三岛由纪夫说:芥川是把西欧概念的短篇小说引入日本,使之百分之百地成功的作家。评论家加藤周一甚至认为"明治、大正文学中,除了芥川龙之介以外,没有人能称得上短篇小说家"。

小说的形态和内容是极度自由的,给它下一个精准的定义几乎不可能。小说这个词早在《汉书·艺文志》里就有了,作为文学样式,日本也在18世纪初引进了中国的白话小说,但现在所使用的含义,基本指1885年坪内逍遥撰写了《小说神髓》这部小说论以后的近代小说。

各个时代有各个时代的代表性文学形式,平安时代是和歌，江户时代后期是汉诗，近代以来非小说莫属。法国的长篇小说发达比较晚，1880年代莫泊桑以报纸为阵地确立了短篇小说的形式。或许短篇小说重视形式美，不是英国人的擅场，其报刊几乎不登载短篇小说。英国是长篇小说之国，短篇小说低一等。在杂志发达的美国，月刊以及周刊杂志是短篇小说的用武之地，乃至短篇小说被称作美国的国民艺术。日本近代文学以夏目漱石的长篇小说起步，但文学的主要形式是短篇小说。这和以杂志为载体有密切关系。战败后文学的载体由杂志变为出版单行本，文艺批评也变成以书评为主，长篇的小说占据了文学的中心地位。小说家把创作长篇当主业，写短篇不过是副业、余技。1935年创设的芥川奖，奖励对象是短篇。编辑协助新作家获取这个奖，一个责任是控制字数。芥川奖没奖给村上春树，辩解之一就说他净写长篇。当今日本读者也爱读短篇，或许与国民性不无关系。他们喜爱小东西，有世界上最短的定型诗俳句。

大正时代（1912—1926）最人气的文学是芥川龙之介的短篇小说。志贺直哉甚至被叫作小说之神，神的是短篇。他也写过一部长篇小说《暗夜行路》，竟写了十五六年，似乎只具备写短篇的心力。谷崎润一郎擅长写长篇，当时的说法：志贺是金，谷崎是银。这两个人物的地位颠倒是日本战败后的事。日本文学转向以长篇小说为主，谷崎润一郎的《细雪》起到决定性作用。不过，好些很成功的长篇小说充其量是中篇。川端康成获得诺贝尔文学奖的作品之一《雪国》可算是长篇，断断续续写了十二年，真所谓十年磨一剑，无异于创作一个个短篇，最后加工合成了长篇。

芥川的第一代表作是《罗生门》，写的是以恶凌恶才能活下去的世道与人生，"善与恶不是相反的，而是相关的"。"外面只有黑洞洞的夜"，这一句景色也道破人心。另一代表作《鼻子》表现了不能本然活自己的悲哀，夏目漱石在"心情兼有痛苦、快乐、机械性"的状态中写信给芥川，夸赞这个短篇小说："觉得你的东西非常有意思。沉稳，不戏耍，自然而然的可笑劲儿从容而出，有上品之趣。而且材料显然非常新。文章得要领，尽善尽美。这样令人敬服的东西今后写二三十篇，将成为文坛上无与伦比的作家。然而《鼻子》的高度恐怕很多人看不到，看到也都置之不理吧，别在乎这种事，大步往前走。不把群众放在眼里是身体的良药。"《罗生门》和《鼻子》基本上确立了芥川的创作方法,也规定了芥川文学的方向。受夏目漱石青睐,重要的文艺杂志蜂拥向芥川约稿,本来已着手写长篇小说《偷盗》,也只好放下,先为杂志写短篇,例如把听朋友讲高中校长、《武士道》作者新渡户稻造的事情写成《手帕》。

三岛由纪夫写过一本《文章读本》,教人写作,关于短篇小说,他这样说:日本的短篇小说在世界上也是特殊的东西。当然,吸收了爱伦·坡的理性短篇小说传统和莫泊桑那样的写实性短篇小说传统,但作为日本文学的特性,散文和韵文的类型未泾渭分明,以致近代短篇小说形成时带有很大的特点。那就是日本现代作家用短篇小说表现欧洲近代诗人们想用诗来表现的事情,欧洲小说那样的故事性被无视。芥川的小说充分体现了这一特色,有一种刻意的简洁,富有近代城市人的纤细趣味性,也写得潇洒。

短篇小说从流逝的人生或历史切取断面。也许能捕捉人物的性格,但不能描写性格的变化。也许能提供一个解释,但不能说明其他解释区别于这一解释的理由。长篇小说一半是文学,一半是故事,短篇小说则彻头彻尾是文学。不是在量上，而是在质上与长篇有异。文学的精华在短篇。轻视短篇小说固然是文学的偏见，恐怕也因为短篇不好写，一篇一个开头。写十多个短篇也凑不成一个长篇，却需要十多个起承转合。很多作家嘴上说短篇的好话，但笔下都拼命往长里写。可能是一旦落笔，顺着往下写，一泻千里，比另起炉灶轻松，更何况稿酬按字数计算。写长篇小说更需要耐力和体力，难怪村上春树那么爱跑马拉松。对于读者来说，读长篇需要闲暇，读短篇需要教养。

吉本芭娜娜说自己最擅长的是短篇和中篇。村上春树自认是长篇小说家。这个人长相看似寡言，笔下却饶舌得很，确实适合写长篇，而短篇小说或者是为了写长篇的试验场、练习场，或者是写长篇剩下的边角料。他写得最好的是随笔，其次是长篇。

国内有一本叫《中堂闲话》的刊物登过《巴黎评论》对美国小说家哈金的采访（许知远译），哈金认为自己"短篇小说最在行"。绝大多数小说家都把短篇小说视为一种次要形式，但对于他来说，这是最具有文学性的形式。

中国文学研究家吉川幸次郎说过，中国文人擅长照样叙述身边的事情,对小说的结构不熟悉,不拿手,这种现象基于中国民族的癖性。谷崎润一郎不同意他的说法,指出日本人也一样,这是整个东方人的癖性。长篇小说的关键是结构,这也是日本文学的弱项。短篇小说的长处在于短,短处也在于短。可能是出于联诗的传统,日本人喜欢写、喜欢读具有连续性的系列短篇小说,似乎是克服其短的方法,却也像有意无意地逃避长篇结构之难。

所谓文如其人,似乎短篇小说更容易显露作家的人格。芥川龙之介是一个高尚的人,纯粹的人。菊池宽和他有十二三年的交情,他说"芥川甚至怕自杀吓着大家,想装作病死"。芥川的趣味和性格跟菊池宽正相反,适合写短篇。菊池宽认为在他们当中,"芥川最清高,要避开世尘,可是最世俗的苦劳一直纠缠他,简直是一个讽刺"。他举了一个例子:某出版社出版"近代日本文艺读本",由芥川编辑,为了让所有的文人都满意,竟然选收了一百二三十人。可是过于"文艺的",根本卖不掉。他做事认真,得到的报酬远远不如付出,却也有流言,说他赚钱盖了书斋。这让芥川很在意,就把版税分给所有的作家,一位只能分十来日元,最后给每位作家买了十日元邮票。

芥川龙之介的小说有格调和气度,这来自他的古典教养。菊池宽也讲过:文学方面的读书,没有能比得上芥川的。他在书中写了一个外国人的名字,菊池宽和几位作家都不知道是谁,后来才查明,原来是德国哲学家,抱有厌世思想,鼓吹自杀是最好的出路。芥川晚年重新审视自己的人生,也重新认识自己的文学,肯定志贺直哉的"没有像故事的故事"的心境小说,完全否定自己以前有故事性的文学。关于他自杀,菊池宽说:我们也不清楚确切的原因。或许不是不清楚,应该说没有足以让世人信服的具体理由。结果,世人就只知道芥川本人说的"漠然的不安"。

夏目漱石之汉诗文

神经衰弱

2018年是明治维新一百五十年。

1867年德川幕府第十五代将军把权力还给天皇家,结束了天皇靠边站的历史,这一年2月9日夏目漱石出生。翌年改元明治,这个年号取自《易经》:"圣人南面而听天下,向明而治。"明治结束于1912年,改元大正,五年后的1916年12月9日夏目漱石去世,他基本上活在明治时代。有一幅写真很常见,只见他满面愁容,胳膊上戴着黑纱,那是为明治天皇服丧。名作《心》的社会背景就是从明治向大正变迁,由岩波书店出版时漱石亲拟广告词:向那些想要抓住自己的心的人推荐这本能抓住人心的作品。

漱石出生的时候东京还不叫东京,叫江户,1868年9月天皇诏曰:江户称为东京。明治新政府从京都浩浩荡荡搬过来，东京就变成日本的首都，但迄今未做法律认定，就好像樱花，只是大家都拿它当国花罢了。漱石是夏目家第五个男孩，按迷信的说法，他生在阴历一月初五，为庚申之日，将来会成为大盗，需要用金字来免灾，于是取名金之助。1984年他的肖像印上一千日元的钞票，也不枉叫金之助，而穷了一辈子的女作家樋口一叶2004年印上五千日元大钞，像一个讽刺。一叶的父亲和漱石的父亲同在东京府任职，打算攀亲，把一叶嫁给漱石的大哥，但漱石父亲拒绝，因为一叶父亲几次跟他借钱，结了亲还不知多累赘。《明暗》在报纸上连载一百八十八回，病逝而未完，那也是漱石小说中最长的了。有人认为这是漱石最好的小说，很少有表情、衣裳、动作之类诉诸视觉的描写，侧重于金钱纠葛的心理。

漱石出生在东京新宿区，也死在这里，作品中常出现新宿各处的地名。2017年纪念他诞辰一百五十周年，新宿区建成"漱石山房纪念馆"。好像是最具规模的夏目漱石纪念馆，那也远远比不上我们的鲁迅纪念馆、文学馆。漱石活着时担心近代化可能把日本带上绝路，他的住居被美军的空袭焚毁也可算应验。

他也住过文京区的西片，在这里写了第一个报纸连载小说《虞美人草》。房东有点坏，几番涨房租，气得他搬家，临走还在客厅里撒了一泡尿。巧的是，鲁迅留学日本曾入住此屋。周作人说，鲁迅对日本文学不感兴趣，但爱读夏目漱石的《虞美人草》，为了看连载，还特意订了报纸。

漱石身高一米五七，一脸大麻子，很让他自卑，照片都经过修整。游泳、打棒球、骑马都在行，器械体操也优秀，曾两次登顶富士山，后来身体却不好。读高中时和同级的正冈子规结为好友。考入东京帝国大学新设的英文科，学生只有他一个。从二年级开始，在东京专门学校（后来的早稻田大学）教课挣学费。毕业后继续读研，又在高等师范学校教英语。这时候患上神经衰弱。二十八岁（1895年）离开东京，到爱媛县松山中学做英语教师。

1900年秋，主管教育的文部省派夏目漱石赴英国留学，调研英语教学法。公费不算多，三分之一用来买书，生活拮据，经常饿着肚子读书。给家里写信叫苦不迭。芥川龙之介推测，漱石的胃病就是这时得的。

漱石不饮酒，好甜食。乘船去英国，带上了梅脯、七宝咸菜。"试着散步伦敦街头，吐痰一看，出来黑乎乎一块，吃了一惊。几百万市民吸收煤烟和尘埃，每日污染着他们的肺脏。"漱石对伦敦没有好感，对西方工业化没有好感。过了一年半，写信给妻子说："回日本的第一乐事是吃荞麦面，吃日本米，穿日本衣服，躺在有阳光的檐廊上看园子。"

还在日记中记下一个精彩的场景："路上从对面走过来一个身材矮小脏兮兮的家伙，原来是自己的模样映在镜子里。我们的黄色来到当地才确信无疑。"他深感自卑，这种自卑不只是个人的，而且是人种的自卑。

三十多年前，伊藤博文等所谓幕末志士历尽艰辛到英国留学，见识到英国的强大，立马由抵抗外国的攘夷论转向了洞开国门的开国论。漱石亲眼所见的英国也让他意识到，由于外压，也就是落后要挨打的原理，日本不得不急急地吸收西方文明，但来不及消化，文学、政治、商业皆然，若不真的醒来就完了。

越来越讨厌英国，越学英文学，反而越感到汉诗文的美。他觉得自己"在英国绅士之间好似一只与狼为伍的狗"。自卑和孤独使他的神经衰弱愈加严重，不知是谁，从伦敦往日本拍电报说夏目发疯了。他萎靡不振，只有一个朋友，叫池田菊苗，就是他发现"旨味",制造出味素。虽然池田学化学,但明治时代学问还不大专门化,知识人具备综合性素养,漱石和他谈哲学、人生、文学,志趣相投。

漱石"在伦敦生活是尤为不快的两年",但好像也有愉快的日子,譬如和同为租客的女学生打乒乓。1880年代英国从印度传来网球,加以改造,在室内玩,1900年改用树脂球,落在台子上发出乒乓的响声。漱石恰逢其时,或许是第一个打乒乓球的日本人。还跟着房东去看女王出殡。当时英国人平均身高比日本人高出十厘米,漱石只看见一堵人墙,房东就让他骑上肩头观看。维多利亚女王的丈夫死得早,她一生服丧,遗嘱葬礼不再用黑色,所以是红白二色。看是看清楚了,但漱石没觉得高高在上,反而加深自卑感。

中国改革开放后公派留学生,好些人一去不复返,但日本明治年间派出的留学生没有一个不回国,这不仅是人品问题,可能也是民族性问题。漱石两年后归国,进东京帝国大学接替小泉八云。明治政府高价聘请外国人执教,三十年过去,作为日本人,漱石第一个当上英文科讲师。他写小说很幽默,讲课却不行。有一个学生自杀,漱石因批评过他而自责,神经衰弱更严重了。正冈子规的弟子高滨虚子办俳句杂志，劝漱石写小说，借以转换心情，缓解症状，于是他写了《我是猫》。1905年1月在杂志上发表，大获好评。接着写下去，连载到翌年8月。这就是夏目漱石的第一部小说，据周作人想来，鲁迅的《阿Q正传》"总受有《我辈是猫》的影响的"。两年后（1907年）辞去教职，入朝日新闻社。以前为自己而写，但成为报社的专属作家，薪水比社长还要多，写作变成了工作。去世一百年，《朝日新闻》重新连载他在该报上连载的《心》《三四郎》等小说。

对于夏目漱石来说，神经衰弱与文学有重要的关联。他写道："英国人视我为神经病，某日本人给国内写信，说我疯了。高明的人们所言，理当不虚，但鄙人不敏，唯遗憾不能向这等人众表示感谢之意。回国后我也依然被说成神经衰弱和疯子，好像连亲属也认同。既然连亲属也认同这种说法，可知当事人的我没有费口舌辩解的余地。不过，想到因为是神经衰弱而且疯癫，才得以写了《猫》，出了《漾虚集》，又把《鹑笼》公之于众，我相信对于这神经衰弱和疯癫深表感谢之意是至当的。只要我身边的状况不变化，我的神经衰弱和疯癫就与生命长存。长存就有望出版许多《猫》，许多《漾虚集》和许多《鹑笼》，因此，我祈念这神经衰弱和疯癫永远不抛弃我。"

在日本，不用提作者，只要说《我是猫》《少爷》，无人不知是夏目漱石的名作，上学都读过。不同年龄的人读不同的作品，《三四郎》是近现代青春小说的原型。《少爷》发表于1906年，五次搬上银幕，十三次改编成电视剧。

夏目漱石被誉为"国民作家"，重要的条件是不写性。全部作品里只有《草枕》出现过女体，在温泉的雾气中隐现。近代日本文学几乎只有夏目漱石出淤泥而不染，自然主义作家以及永井荷风、谷崎润一郎都以写性为能事。漱石不是私小说作家，政治上也不属于左翼。私小说赤裸裸地描写私生活，正常的市民难以接受。好像左翼作家没有被捧为文豪的，例如大江健三郎得了诺贝尔文学奖，也无人称他文豪。

自古以来官尊民卑，明治时代这种意识尤为严重。福泽谕吉不当官，夏目漱石不要博士称号，是对于体制的蔑视。据说漱石一旦写不下去，就坐在那里拔鼻毛，一根根粘在稿纸上。弟子内田百闲有收藏，后来美军空袭给毁了。

家暴

作家去世后,遗属可以继续吃老公或者老子的版税,按著作权规定吃上七十年。也常有遗属撰文或著书,回忆作家活着时的为人和行事,有助于研究作家,理解作品。森鸥外一边当军医一边写小说,可算是军旅作家,比夏目漱石早生五年,晚死六年,二人是明治文学的双璧。森鸥外有四个孩子,个个都写过父亲,特别是长女森茉莉,写父亲出道,留名日本文学史。不消说,儿女总会把老子写得很伟大。夏目漱石有二男五女,却不如森家,只有次子夏目伸六写了《父亲夏目漱石》。长子长孙的夏目房之介出版过《漱石的孙子》等书,他是漫画评论家,从祖父的文学到孙子的漫画代表了日本近现代的文化走向,也颇为有趣。过去日本人骄傲的是富士山,现在是漫画。我们的鲁迅重视连环画，夏目漱石也看重漫画，给冈本一平写过序，这位漫画家就是那个在大阪建了个怪里怪气的太阳塔的美术家冈本太郎的老子。漱石也是美术评论家，还是装帧家，他装帧的书在旧书行叫作"漱石本"，属于艺术品。

以前人们爱串门儿，不速之客很影响写作，漱石就定下规矩，只有星期四开门迎客。仰慕他的年轻人出入漱石山房，都算是漱石门徒，叫作"木曜会"。其中有芥川龙之介。由于漱石点赞，龙之介跳过龙门。还有作家松冈让，后来成为漱石的乘龙快婿。

夏目漱石一死，众门徒搞起造神运动，捧他为圣人。"漱石神社的首席神官"小宫丰隆说：漱石的全貌，他死了之后才呈现在我们眼前。偏偏在漱石去世十三年，夫人夏目镜子出版了一本由松冈让笔录的口述历史《回忆漱石》，亮出了漱石在家里的行状，竟然像暴君。神圣的偶像被打碎，门徒愤愤然。读者却通过镜子的回忆看见了有血有肉的夏目漱石，也就是如今我们很爱说的人性。

1895年，我大清被日本打得落花流水那年，二十八岁的漱石到爱媛县的松山当英语教师。松山是正冈子规的家乡，他回乡两个月，和漱石同住，漱石跟他学俳句。第二年漱石换到熊本执教，直到三十三岁奉政府之命去英国留学。漱石一生写了二千四百多首俳句，其中三分之二是在松山、熊本写的。二十九岁在熊本结婚。小说中他能把女性写得有魅力，但天生腼腆，现实中成熟比较晚。当初看见镜子的照片有好感，自嘲是"写真结婚"。东大毕业生娶千金小姐是时尚，漱石也未能免俗——镜子是贵族院书记官长的女儿。做不来家务，从东京来到熊本，也过不惯地方生活。第三年生了一个女儿，起名叫笔子。漱石写俳句：平平安安地，生个孩子像海参，轮廓不分明。刚出生的婴儿皱皱巴巴确实像水发海参。漱石很喜爱，甚至不让女佣抱，因为女佣长得黑，怕她染黑了女儿。

有个老同学叫山川信次郎，在漱石家住过三个多月，写信给正冈子规报告漱石的情况，说漱石在外是绅士，待客是君子，读书是学者，援笔是俳人，更是天下屈指可数的汉诗人，然而在家里，他光着膀子，一屁股坐在那里，暴饮暴食爆粗口，响屁连发。这是每天晚饭时漱石最得意的场面。山川的话恐怕有文学性夸张，但人之为人，家里家外不一样也是正常的，倘若把一个人说得人前人后一个样,反倒不可信。不过,夏目漱石的内外反差未免太大了些。

《道草》是漱石唯一的自传性小说,其中写到了理发店的镜子,简直就是写夏目镜子,隐约表现出漱石对妻子的不满和嫌恶。写道:"既然已经在理发店,作为顾客的权利,我必须面向镜子。但我刚才就想放弃这权利。镜子这个用具是平的,不稳妥地照出人的脸就没有道理。假如挂一面不具备这种性质的镜子,强迫人对着它,那就必须说,强迫者如同蹩脚的照相师,故意损害了人的容貌。抑制虚荣心也许是修养的方法,但无须侮辱,让人看一张比自己的真正价值低的脸,这是你哟。现在我忍耐着相对的镜子确实从刚才就在侮辱我。"

镜子被世人谴责为恶妻,坏婆娘,简直像苏格拉底的老婆。对于她来说,漱石是丈夫,是父亲,并不是什么了不起的文豪。她就是个主妇,相夫教子,没义务为漱石文学做出文学性贡献。大概只有在星期四家里开沙龙时,那种忙碌辛苦才让她感受丈夫的不得了。镜子热衷于各种健康法和算命,这也讨漱石厌,不住嘴地挖苦。新婚宴尔,漱石对小他十岁的镜子宣布:

"我是学者,必须学习,所以不能照顾你,你要知道这一点。"还说过:"夫妻以亲近为原则,以不亲近为常态。"本来是娇小姐的镜子难以忍受,投水自杀,被渔夫救起。此后好一阵子睡觉时漱石把两个人的手腕系在一起。

漱石不仅对妻子施暴,对孩子也施以拳脚。从英国回来不久,五六岁的笔子在火钵旁边玩,漱石突然打起她来。原来在伦敦,房东的婆娘把铜钱放在厕所的窗台上,试探漱石,所以他看见火钵边上有铜钱,不由得怒不可遏。笔子小时候常想:那么可怕,让母亲吃那么多苦头,这父亲倒不如死掉的好。

漱石给儿子起名不大认真,在信里写过:"孩子起名叫伸六,人出生在申年,就是伸,第六个,所以叫六。"漱石的门生们极力掩盖他有病的真相,加以神化,但是在儿子的眼睛里父亲不是神,他们便攻击伸六是不肖之子。伸六在《父亲夏目漱石》中记述了一段往事:一个冬天的傍晚,父亲带他和哥哥去散步,遇上了庙会。哥哥很想玩射击军舰模型的游戏,父亲催促他,要射就快点射,可哥哥又说"怪不好意思的",不玩了。父亲说:那就伸六射。伸六说"我也不好意思",漱石竟勃然大怒:"混蛋!"把伸六打翻在地,用木屐又踢又踹,还用手杖乱打。周围的人都惊呆了。伸六不明白,哥哥也一样,为什么偏偏自己要挨打。最终他归因于父亲有病。二十多年后伸六读父亲的全集,读到这样的文字:"我的小的孩子总爱学别人。有个差一岁的哥哥,哥哥说要什么,弟弟也说要什么。哥哥说不要,弟弟也说不要。哥哥说想小便,弟弟也说想小便。一切按哥哥说的,亦步亦趋,他是一个模仿者,令我惊讶。"想到夏目漱石对日本凡事都模仿西方的反感,以致孩子的模仿行为也引起他发疯一般的反应,伸六终于理解了父亲。

有一件事非常能说明夏目漱石的性格。那是1911年,日本政府要授予他博士称号,他当即拒绝。官员说:已经决定了,你不要可不好办。硬给他送来了通知,他让弟子送回去。这么说:"社会上认可我不要,或者认可文部大臣的授予,由社会的常识和社会对学位的认识来决定,但不管社会上如何,我本人有按照我的想法决定的自由。"后来讲演时听众为他不接受虚名鼓掌,他却不买账,说:可是,你们去医院看病,都想找有博士头衔的医生吧。

大概也不无时代的原因，夏目漱石有蔑视女性的心态，也蔑视地方。《少爷》描写一个青年从东京到四国的松山当教师的孤寂，期待与失望之间的落差，变为对地方小城市的歧视："那晚我跟山岚离开这不干净的地方。"说松山"不干净"，大概也因为没有"清"，这是女佣的名字，"清时常在厨房里没有人的时候夸他'老实，好脾气'"。《少爷》里没有不厌其烦的心理描写，人物几乎都是用绰号，讲述者是"少爷"，校长是"狸"，也就是一丘之貉的貉，教务长叫"红衬衫"，只有一个名字很明确，就是"清"。绰号能概括一个人物的性格或特征，而且有亲切感，也是中国传统文学的手法。

虽然说了松山的坏话，松山市内也到处挂漱石的招牌，街上跑着"少爷火车"（漱石写过"火柴盒似的火车"），有名的道后温泉卖"少爷团子"，还有"少爷文学赏"，奖励青春文学。

汉诗文

日本出版社很爱出全集,典型是漱石全集。他去世一年后的1917年,岩波书店出版第一个《漱石全集》,此后几乎每隔十年重新出一回。一百年来各出版社总计出版漱石全集四十来种。2016年岩波书店出版《定本漱石全集》,说是漱石全集的最终定本。第十八卷《汉诗文》,就像为中国读者编辑的。何来此说呢?因为战败以来日本人基本读不来汉文了,有道是,瀛洲不幸神州幸,诗赋平添日本风。不过,韵律之事,中国人也已经陌生,好多作家学者悍然写诗,除了字数之外,与律诗绝句根本不沾边。

日本所谓"汉文",含有几个意思,一是指中国汉代的文章,例如汉文和唐诗。二是指汉语的文章,这是明治时代以后通行的说法。江户时代除非与英文相对而言，通常说"文"或者"文章"就是指汉文。汉文的地位远远高于和文（日文），用汉文写文章是高等知识人必备的能力。明治维新以来日本人重视英文，但其地位至今也不如当年的汉文那么高。三是汉文训读，这是一种极简的翻译，在原文旁边标注文字、符号等，使汉文可以按日语的语法读。江户时代中等以下文化的人把汉文训读和汉文看作一码事。如今考大学也要考的汉文就是这一种。

幕末志士爱读汉文，第一任总理大臣伊藤博文能读能写。明治时代普及的文体是汉文训读体。福泽谕吉的《劝学》翻译成现代中文，我们读得很顺溜，但对于日本人来说，原文是难读的汉文训读体。大正年间搞言文一致，口语体取代了汉文训读体。大正天皇是日本历史上最后一个写汉诗的天皇。大正时代仅仅十五年，过半的时候报纸上不见了汉诗专栏，只剩下和歌、俳句。日本人逐渐丧失了创造新汉语词汇的能力，转而热衷于制造和式英语。

夏目漱石是日本历史上能读纯粹的汉文、会写纯粹的汉诗的最后一代，甚至是最后一个。他说："我讨厌和文那样柔软的拖拖沓沓的东西，喜好汉文那样强有力的，也就是雄劲的东西。"漱石从十来岁开始作汉诗，《漱石全集》收录二百零八首。晚年的作品多有难解之处。1909年（日本求学七年多的鲁迅这一年归国），二十三岁的漱石和四位同学游房总半岛，他总想着读书，想着作文，冥思遐搜，被同学们嘲笑。觉得和俗人没话说，但也许人家未必俗，而是他太怪。旅游归来，写了一篇《木屑录》，地地道道的汉文。开头写道："余儿时，诵唐宋数千言，喜作为文章。或极意雕琢，经旬而始成，或咄嗟冲口而发，自觉淡然有朴气。窃谓，古作者岂难臻哉。遂有意于以文立身。"意思是他从小学汉文，能背诵不少，喜欢用汉文作文章，乃至都不把古代的作家放在眼里了，打算这辈子搞汉文，当一个文人。

正冈子规为《木屑录》写了一篇跋，也是用汉文，但漱石对他的汉文不大看好。这个跋文写出子规对漱石的刮目相看："余知吾兄长于英文也久，而见吾兄汉文则始于此木屑录也。余与吾兄入校也，共学鸠舌，草蟹文，而吾兄崭然现头角，话蛮语犹邦语然。余以为，长于西者，概短于东，吾兄亦当不知和汉之学矣。而今及见此诗文，则知吾兄天禀之才矣。"子规在同学中传阅自己写的《七草集》，漱石用汉文写了读后感，第一次使用"漱石"——这是号，不是笔名，也有说本来是正冈子规的别号。

漱石的文学概念也来自汉籍。他说：少时喜欢学汉籍，虽然学的时间不长，但是从《左传》《国语》《史记》《汉书》中不知不觉地领会了文学就是这样的，估计英文学也不过如此。他的文体有汉文风格，例如《草枕》，认识汉字少的人读起来吃力。时代变了，汉文将不再吃香，读英文才能有出路，时势所迫，他上大学才报考东京帝国大学英文科。明治年间有人主张用英语取代日文，和英美打仗时英语被叫作"鬼畜"语言，战败后又有人提议废了日文这劳什子，而今本可用日语的地方也死乞白赖用英语，近乎病态。日本人和英语犹如一部恩仇记。

明治年间汉文一度有复兴之势，天皇曾下诏："自今以后，基于祖宗之训典，专明仁义忠孝，道德之学以孔子为主。"打败了俄国，文明开化、富国强兵的口号失效，国家失去了目标，民心涣散，以致大正年间出现了短暂的自由与个性。当政者收拾民心，从历史的尘埃中又捡起汉文，当作道德教育的科目，培养对天皇的忠诚。然而整个社会在西化,汉文终归是一抹夕晖。

1910年夏目漱石患病住了一个多月院,出院后一个弟子劝他去伊豆半岛的修善寺温泉疗养。漱石到那里才知道旅馆客满,心里不高兴。第二天大雨,洪水泛滥,当晚胃痉挛,旧病复发,这就是日本文学史上有名的"修善寺大患"。后来大吐血,半小时不省人事。以吐血为界,漱石文学进入后期,风格剧变,代表作是《心》,描写人的利己主义,探究心的黑暗。据看过漱石手稿的人说,初期的作品《少爷》笔走龙蛇,一气呵成,很少有修改,但后期的《心》《道草》及《明暗》删改添写非常多。

"修善寺大患"后,漱石每天上午给报纸写连载小说《明暗》,午睡后作一首汉诗,调节心情,相当于现在的疗愈。《草枕》的主人公说道:"我想要的诗不是那种鼓舞世间人心的东西,而是能放弃俗念,使心情暂时脱离尘世。"又道:"独坐幽篁里,弹琴复长啸,深林人不知,明月来相照。只二十字之中足以建立另一个世界。这个世界的功德不是'不如归'或'金色夜叉'的功德,而是由于汽船、火车、权利、义务、道德、礼仪而疲惫不堪之后，忘却一切，酣然入睡的功德。"

夏目漱石对短歌不感兴趣，写了好多俳句，但他说："我对俳句这东西不够热心，时常是义务地写写，水平超不过18世纪。经常午后作律诗一首，自己觉得很有趣，十分得意，作成时大为高兴。"漱石不会说汉语，用汉字的四声作诗，平仄几乎没错误，这需要多么大的乐趣才能下这么大的功夫啊。不是为发表，完全是自娱，在漱石文学中最为纯粹。中国曾经是诗国，所谓诗国，乃作诗之国，不能只搞些读诗背诗的娱乐节目。

1916年夏目漱石五十岁（虚岁），说自己"是到了五十才发觉志于道的蠢货。想想那个道何时能到手，好像有非常大的距离，不由得吃惊"。似乎中国作家们不大有这样的想法，都像是得道之人。漱石又写了一首七律，全无"和臭"（日本味儿），诗曰：

> 幽居正解酒中忙，华发何须住醉乡。
> 座有诗僧闲拈句，门无俗客静焚香。
> 花间宿鸟振朝露，柳外归牛带夕阳。
> 随所随缘清兴足，江村日月老来长。

想到周作人,他写过一首七律被当作"五十自寿",惹起了风波,最后一句是"且到寒斋吃苦茶"。给香港友人鲍耀明写信,说明:"打油诗本来不足深求,只是末句本来有个典故,而中国人大抵不懂得,因为这是出在漱石之《猫》里面,恐怕在卷下吧,苦沙弥得到从巢鸭风人院里的'天道公平'来信,大为佩服,其末尾一句,则为'御茶ごもあがれ',此即是'请到寒斋吃苦茶'的原典也。"

坐禅

夏目漱石的小说《我是猫》中有这样一段话:"我最近开始运动了。凡事冷嘲的家伙说:就是一只猫,装什么懂运动。然而这种人不就是直到近年也不理解运动,把吃了睡当成天职吗?记得他们说无事是贵人,揣着手,屁股快烂了也不肯离开坐垫,说这是丈夫的名誉,得意洋洋地度日。"

无事是贵人,见于《临济录》:"无事是贵人,但莫造作,只是平常。"漱石写俳句也用过:等待春天呀,若问此言何所指,无事是贵人(春待つや云へらく無事は是貴人)。

他精神不安定,不能像常人一样生活,二十七岁时到镰仓的圆觉寺参禅,寄宿在归源院。比他小三岁的铃木大拙正住在这里。漱石在小说《门》里写主人公宗助参禅即基于这一段体验，归源院改为一窗庵，居士乃大拙，"他是一个无忧无虑的人，长得像剽轻的罗汉"。

漱石打坐十多天，似一无所获。给友人写信："五百生野狐禅，终于未拨出来本来面目。"五百生野狐禅的典故见《五灯会元》：百丈上堂，常有一老人听法，随众散去。一日不去，丈乃问："立者何人？"老人云："某甲于过去迦叶佛时曾住此山。有学人问：大修行底人还落因果也无？对他道：不落因果。堕野狐身五百生。今请和尚代一转语！"丈云："不昧因果。"老人于言下大悟。日后铃木大拙回忆，说夏目漱石对禅有兴趣，本来有禅心，这是无疑的。圆觉寺属于临济宗，想着公案坐禅，以求开悟。倘若漱石进的是曹洞宗寺庙，只管打坐，不必坐在那里想"父母未生以前"的公案，百思不解，或许就不会逃禅吧。

圆觉寺的方丈宗演生于农家。本来兄长想出家，但需要他继承家业，父母便硬让十岁的宗演替他出家。临走时兄长希望他成为高僧，其他人祝愿他早日拥有大寺庙。跟随越溪师父到京都的禅寺，学习佛典汉籍。还是个孩子，乐趣只有晚餐一杯般若汤（酒），再就是看着泉水中的金鱼发笑,犹如布袋和尚的喜笑颜开。十五岁挂搭建仁寺,也学作汉诗,咏的是作务、夜坐、观经之类,无关乎风花雪月。又到镰仓圆觉寺跟今北洪川苦修七年,这位临济宗高僧极为赏识他,向越溪讨来当徒弟。虽然洪川师父反对学洋学,但宗演二十五岁时还是入学庆应义塾大学,结识福泽谕吉。毕业后留学锡兰(斯里兰卡)两年半。1892年,三十四岁的宗演当选管长,政府内务大臣认可,掌管圆觉寺派。开讲临济录,作一偈曰:乱世英雄太平贼,只余一喝压千兵。

铃木大拙在东京大学读哲学,到圆觉寺听洪川说教,老师迁化后师事宗演。因见性开悟,被授予居士号大拙。也受托工作,英译《佛教小史》,自道:"没有参考书,没有词典,翻译殊难解的佛语时,我自己都觉得胆大包天。"英文译稿上有夏目漱石订正的笔迹。1893年宗演作为日本佛教代表走向世界,率团赴芝加哥参加世界宗教会议,首次把禅介绍给欧美。保罗·卡鲁斯邀请宗演等人到家里做客,他是编辑,也是宗教研究家。宗演作七绝,由随行译员翻译,赠给卡鲁斯。诗曰:"人有红黄又黑白,道无北南与西东,不信请看天上月,清光透彻大虚空。"受宗演启迪,卡鲁斯撰述《佛陀的福音》,大拙将其日译出版,一时间畅销,大大增强他从事文笔业的劲头儿。卡鲁斯邀约,宗演激励,二十八岁的铃木大拙赴美,协助翻译出版并著述,旅美十二年,这才有了世界的大拙。1905年宗演应邀赴美九个月指导修禅,由铃木大拙担任翻译,还见了罗斯福总统。

夏目漱石晚年又见过宗演禅师,随笔《初秋一日》记其事:"大约二十年没见过老师了。我特意从东京来探望,一看见老师的脸,还没有落座,马上就认出来,但对方完全忘了我。我做了问候,老师说实在是眼拙,又重叙久违,然后说真是好久了,一晃已经二十年吗。不过,二十年后的今天,出现在自己眼前的身材矮小的老师和二十年前没多大变化。只是肤色稍微变白了,或许是上了年纪,脸上多了几分可爱,跟我的预料有点不一样,其他都还是从前的S禅师。'我也眼看就五十二。'听老师这话,我明白了怪不得老师看着年轻。说老实话,我心里一直估计老师的年龄六十上下。但现在才五十一二,以前自己执相见之礼时还是刚过三十的壮年。但老师是知识,因为是知识,所以在我的眼里显得比较老。"

宗演生于1860年,比夏目漱石长七岁,晚死三年。1916年夏目漱石病故,遗言请宗演法师为葬仪导师。宗演如其所愿,并吟了一偈:

> 曾斥翰林学士名
> 布衣拓落乐禅情
> 即今兴尽遽然去
> 余得寒灯夜雨声

夏目漱石的儿子伸六回忆:"葬礼在青山斋场举行。无数的头在昏黄的阳光中攒动如波,还仿佛在我眼前。也忘不了和尚那可怕的大声一喝,差点儿把年幼的我吓了个跟斗。"

川端康成之温泉

出版規章之檢察

大眼睛

川端康成有一双大眼睛。

他获得了诺贝尔文学奖,在斯德哥尔摩讲演《美丽日本的我》,谈到日本人的审美意识,引用了一句"雪月花时最思友"。后来某文艺评论家问他出处,他瞪大了那双大眼睛,很无辜地说"我怎么知道"。但我们中国人可能会想起白居易的诗句:琴诗酒伴皆抛我,雪月花时最忆君。日本人爱说"雪月花",据说是一种风雅的情趣。川端举出他获奖的三个理由,一是日本的传统,二是各国的译者,三是弟子三岛由纪夫。川端文学被盛赞的日本传统美,其深层无疑有中国的美传统。

川端的大眼睛如果长在女人的漂亮脸蛋上一定很妩媚,但长在他瘦削的脸上,就有些鹰隼一般的锐利。

偏偏他还有默不作声地凝视人的毛病，被那双大眼睛死死盯着看，拘谨的人不免一个劲儿擦冷汗。客人要告辞，他还挽留，于是再一起默坐几小时。有一个刚入行不久的女编辑第一次登门，不知是运气不好，还是运气太好，偏巧没有其他客人来，川端坐在那里一声不响，女编辑终于受不了，哇的一声哭倒在榻榻米上。这时川端才终于开口：那个，怎么啦？难怪三岛由纪夫说：给川端老师当编辑，必须能几个小时享受那种默默发呆的气氛。

从照片上看，川端的眼睛很有神，仿佛能看透人的心。他喜爱温泉，把家搬到静冈县的热海，周围像工厂小镇，有很多烟囱冒出白烟，那是温泉的热气。从二楼望出去，心情也焕然一新。正月的夜里爬进来小偷，溜到川端的枕边，川端醒着，瞪眼看着他，对视一分钟，小偷被川端的大眼睛看傻了，突然说：行吗？川端不说话，小偷翻身而逃。这句"行吗"把川端乐坏了。

川端收藏美术品，到处借钱，有时拿到画迟迟不付钱，画商找上门，大眼睛吓不走，就坐在那里一手拿着烟，一手书空，据说写的是赶快滚。他说过："美术品不据为己有就不懂。"川端的藏品里有三件后来被指定为国宝。画得像花大姐的草间弥生初出茅庐,川端就买了她的作品。

川端康成1899年出生在大阪,那还是明治时代。因早产而体弱。两岁时父亲去世,三岁时母亲去世,由祖母抚养,但七岁时祖母去世,十五岁时祖父去世。祖父因白内障失明,相依为命八年,使川端养成了盯着人看的习性。还有一个姐姐也去世。亲属死光光,不免造成他性情孤僻。他说自己活着全靠生性怠惰,天生成不了大人的幼稚,随遇而安的乐天性。

中学三年级时照看卧病的祖父,记了十几天日记,二十七岁那年在亲戚家的仓库里发现,抄录发表,叫作《十六岁的日记》。但是从文章的成熟程度来看,也有人怀疑是二十七岁时的创作。他写道:"祖父一死,十六岁的我就没有一个亲人了,没有了家。"

经常参加葬礼,连八竿子打不着的亲戚葬礼也得参加,表兄开玩笑,说他是"葬礼的名人"。后来川端写了一篇《葬礼的名人》,说:"我从少年时就没有自己的家,没有家庭。""二十二岁的暑假,不到三十天参加了三次葬礼。每次都穿上先父的绸缎外套和裙裤,还有白布袜,手持念珠。"

到东京读书。虽然是孤儿,但不仅亲戚,周围的人也亲切地照顾他,同学今东光的母亲是其一。后来今东光当了作家,又出家当和尚,1968年竞选参议院议员,有人给他写书就叫作《毒舌和尚奋战记》。川端给今东光当选举秘书长。司马辽太郎问过他:为什么干这种事?川端回答:今东光的母亲于我有恩,哪怕他偷东西我也得帮忙。川端飞到外地给今东光站台,因胆石症疼痛,抓着别人的肩头上场。今东光当选。川端摘除结石,被漫画家横山隆一要了去珍藏。

二十一岁考入东京帝国大学文学系英文科。参与复刊《新思潮》杂志,造访前辈菊池宽,备受青睐。在杂志上发表《招魂祭一景》,菊池宽等人大为赞赏,引来商业杂志约稿。

川端不喝酒,常和同学去咖啡馆,认识了十三岁做招待的伊藤初代。两年后和已经返乡的初代订婚,还拍了一张合影。禀告菊池宽,正好他要出国一年,就让川端和初代住自己家,还每月给五十日元生活费。不料初代悔婚,川端心波激荡,好多年不能平息,常写进小说。2014年在川端故居发现和初代的通信。

菊池宽把他赏识的横光利一介绍给川端康成，1924年川端、横光等人创办同仁杂志《文艺时代》，被称作新感觉派。语言感觉是新的，川端曾解释：一般说"我的眼睛看见红玫瑰"，而新感觉派说"我的眼睛是红玫瑰"。当代文坛好像没什么派别，人自为战，而近代文学史上成群结伙，派别纷呈，一场接一场文学运动推动文学的发展。新感觉派和普罗文学是当时的两大流派，同属于现代主义文学。1926年，二十七岁的川端在《文艺时代》上发表《伊豆舞女》。

同年出版第一本书《感情装饰》，收录了三十五篇"掌小说"，即超短篇小说，篇幅犹如巴掌大。川端说：很多文学家年轻时写诗，而我写掌小说代替诗。"我的著作中，最留恋、最爱、现在也最想赠给很多人的其实是这些掌小说。"三岛由纪夫等一些作家、评论家认为川端的掌小说尽情发挥了他的天才。

川端在《文学性自叙传》中写道："我是对任何人都不能抱有憎恶或敌意的可怜人。""总的来说我这个人不后悔，如果那时候那么做就好了之类，我不会这样回忆过去。"他给人的印象是孤独的，但实际上善于交际，当日本笔会会长当了十七年，还是国际笔会副会长。人们常拿他和比他大十三岁的谷崎润一郎比较。两人都是从平安时代以及镰仓、室町时代探求日本文化的真髓,不认为江户文化有什么价值。谷崎相信自己,不参与文坛,没有孤独感。川端对生活充满了感伤,而谷崎像恶魔一样享乐生活。谷崎讨厌大江健三郎,而川端预见他能获得诺贝尔文学奖。他们都觉得石原慎太郎不错。谷崎不死,或许日本第一个获得诺贝尔文学奖的不会是川端康成。

获奖后川端写了一首俳句:"秋の野に鈴鳴らし行く人見えす",意思是秋天的原野上铃声叮咚响,却不见行人。日语里野铃谐音诺贝尔,令人莞尔。孰料四年后,1972年4月16日在被窝里口衔煤气管自杀,永远闭上大眼睛。没留下遗书。妻子守夜没流泪,只是翻来覆去说:不明白,我怎么也不明白。关于川端康成的死,有种种说法。一说是受了一年半以前三岛由纪夫剖腹自杀的冲击,又一说是害怕自己的老丑。1977年评论家臼井吉见写了一本小说《事故始末》,说川端对十八九岁的小保姆抱有好感,但她做了一年就要回老家,川端挽留不成,第二天自杀。这种说法并没有真凭实据,遗属告上法庭。小说第一版卖光之后出版社和作者跟遗属和解,从此绝版。也有人说不无可能,因为川端一向有"少女趣味",也就是"洛丽塔情结"。

  1994年大江健三郎作为第二个获得诺贝尔文学奖的日本人,也去斯德哥尔摩演说,题目是《暧昧日本的我》,说日本曾狂热地信从破坏,践踏本国和周围国家,作为有这种历史的国家的人,不能"跟川端同声说美丽日本的我"。川端被称作"国民作家",这个赞誉的含义是普遍被国民阅读的作家,不等于所谓"人民作家"。司马辽太郎也是"国民作家"。对于荣誉,川端说:"作家应该是无赖、流浪之徒。荣誉或地位是障碍。过于不遇,艺术家意志软弱,忍耐不下去,连才能都枯萎的事也不是没有,相反,声誉也容易成为才能凝滞衰亡的根由。"

雪国

"穿过国境的长隧道就是雪国,夜的底下变白了。火车停在信号所。"

这是川端康成的小说《雪国》第一行。在日本文学史上,在日本人阅读经验中,这个开头极为有名。

川端在他的《文学性自叙传》里写道:"我起笔第一行是山穷水尽的结果。"凡事开头难,对于大作家来说也一样。但大作家之所以是大作家,也在于他为了开好一个头儿,煞费苦心,终至柳暗花明又一村。

"国境",这两个字有两种读法,一种读法是现代的含义,另一种读法是过去的韵味。这里指的是过去的越后国和上野国之间的国境,上野国就是群马县,越后国相当于新潟县大部分,好比我们说吴越或者燕赵之地,用的是春秋战国时的概念形象。1871年明治天皇下诏：废藩为县，除有名无实之弊，无政令多歧之忧。大大小小二百七十四个藩最终合并为三府四十三县（不包括北海道），如果翻译为"县境"，这个县相当于中国的省，换了一个字，好像又挖一个坑。再说，译成"县境""雪乡"，不仅缺少了历史沧桑感，而且过于现实，川端康成也就不好玩穿越。小说主人公岛村穿过了隧道，就进入另一个世界。下到井里或者钻进洞里的穿越，不正是村上春树的最爱吗？村上穿越而去的世界往往是虚幻的乃至科幻的，川端的隧道两头都是现实世界，是世界的两面，那边是"悲哀的日本"。

日语一字多音，例如川端康成的小说《山音》的"音"到底读什么？"掌小说"的"掌"应该怎样读？都教人拿不定。问川端本人，他的性格又偏偏是听了问话只是啊啊的。有人说，把"国境"和"雪国"的"国"字读成一个音，有重复之感。开头这三句的原文让我们中国人听来像"是了、白了、停了"，重复得乏味，但翻译成地道的中文，毕竟也觉得有意思，这正是东方的审美。英语翻译却犯难，因为需要有主语，于是翻译成"火车出了长隧道进入雪国"，"国境"干脆没有译。诺贝尔文学奖的评委们真能品出日本文学之美吗？欧美的日本文学研究家用东方主义的眼光发现川端，也制造了新的日本幻想。

1930年群马与新潟两县之间开通隧道，叫清水隧道，三十年间一直是日本最长的铁路隧道。1967年开通新清水隧道，1982年又开通大清水隧道。据说开掘的难题是出水，这水后来就成了市面上热销的饮料水"大清水"，现在叫"谷川连峰天然水"。1934年6月的一天，三十五岁的川端康成乘火车穿过长长的隧道，在越后汤泽站下车，入住高半旅馆，住了一个来星期。再来是8月上旬，第三次来是12月，大概下雪了。汤泽温泉是高半旅馆先祖高桥半六开掘的，已经有九百多年的历史。如今叫"雪国之宿高半"，当然是重建，复原了川端下榻写小说的房间，叫霞间。第二年川端在两个杂志上分别发表《暮色的镜子》和《白色早晨的镜子》，这就是长篇小说《雪国》的断章，从此开始了漫长的拼图。1937年川端到新潟讲演，看见高半旅馆家的儿子坐在那里，说：知道作品的模特和经纬的人就在眼前可不舒服。

岛村也是三次来雪国。川端康成说："岛村不是我,好像根本就不是作为男人的存在,像镜子一样,只是照出了驹子。"岛村是东京的舞蹈评论家,靠遗产过日子,游手好闲。那年春天在雪国的温泉邂逅驹子,说是十九岁,清洁得不可思议。她在别处喝醉了,在岛村的房间里过夜。一片白雪的冬天,岛村又来这里。在火车上遇见叫叶子的姑娘,像妻子一样精心照看有病的年轻人行男。驹子在站上迎候。行男是驹子的未婚夫,驹子为他挣钱治病,但实际上行男和叶子同居。驹子给岛村送行,叶子跑来说行男要死了,但驹子不回去,说:不愿意看人死。第二年秋天岛村三度来温泉,对于驹子的爱,有妇之夫的岛村无能为力,只感到"徒劳"。这次回东京就不会再来了,前夜,蚕茧仓库里放电影时发生了火灾,叶子从二楼掉下来。驹子抱着她说"这孩子发疯呀,发疯呀"。岛村站稳了抬眼,"仿佛飒的一声,天河向他飞泻而下"。

村上春树说他写《挪威森林》《没有色彩的多崎作和他的巡礼之年》,原打算写短的小说,但写着写着就写长了,而川端康成是写了一个个短篇,然后再合成长篇。村上的方法是跑长跑,川端是搭积木。1935年发表《暮色的镜子》,结尾《雪中火灾》发表于1940

年,战败后修改,1971年出版《定本雪国》,前后花了三十七年。这部长篇小说并不长,或许这就是我们中国人为日本点赞的工匠精神。川端经常和编辑商量,"怎么办啊","能让我自杀吗"。他说,他的作品都是和编辑共同完成的。川端住在温泉旅馆里写作,没钱了就匆匆写,交给出版社拿钱,补上旅馆费,然后再写再拿钱。这样写作恐怕不可能整体构思,完美设计。三岛由纪夫批评,川端的小说不是一气呵成的,结构有问题,唯有《睡美人》是一个例外,结构非常好。《雪国》的文体,前半和后半也不一致。

《雪国》在日本评论界有两个问题:

一是色情,虽然很高级,用的是象征主义手法,恐怕也属于"18禁"(禁止十八岁以下的人读或者看)的色情小说。或许有人说,日本语文课本上、参考书上都有啊,其实,翻开看一看,这些书上只采用开头的一段。而且,这个开头是十三年后修改的。当初发表时,隧道前面还有一大段文字,说岛村去雪国,就是要告诉女人,左手的食指还清楚地记得她。关于左手食指什么的,那是评论家们讨论的范围。例如岸惠子出演的《雪国》电影里岛村是左撇子,用左手拿酒杯。也有评论家说，左手不常用，可能皮肤不那么糙。谷崎润一郎有恋足癖，迷恋女人的脚丫子，川端康成是恋指癖，用手指代替性器官。《睡美人》也写过手指，那个开店的老板娘告诫初次来店的性无能老人，不许把手指伸进昏睡女孩子嘴里。谷崎和川端为人作文不一样，谷崎向来是明目张胆，而川端蔫了吧唧。

二是对女性的描写，女性主义者尤为反感，痛加批判。岛村一年一度去雪国，驹子总是痴痴地等着他。这个设定未免太一厢情愿。女人问：你来干什么？岛村回答：你是好女人哟。日本作家写爱情经常是这样的，村上春树更如此。岛村是旅行者，随时可以从那里返回。和温泉女性的恋情让他苦恼，但不会受伤。他冷彻地注视乃至赏玩受伤的女人们，自我意识也毫不动摇。女人不过是映在镜子里的影像。

对于《雪国》以及川端文学，见仁见智，众说纷纭。有人说是日语文章的高峰，单凭开头就可以耸立在日本文学史上，也有人认为川端的小说是"氛围小说"，读者的头脑里只留下一种美丽的氛围。莫非开头太好了，读者敬礼往下读，虽然越读越莫名其妙，举着的手却放不下来了。不愧是村上春树，公然说夏目漱石、谷崎润一郎文章好,讨厌川端康成、三岛由纪夫,出于本能地讨厌。

如果读了小说还想去实地体验一下的话,必须经过旧隧道,也就是清水隧道。列车往返走两条隧道,现在新干线走的是大清水隧道(1981年开通)从雪国回东京,也可见"这边还没有雪"。岛村穿越回去了,东京是一个肮脏的世界。岛村爱的是清洁,而驹子爱的是东京,因为岛村从东京来,所以也爱这个东京的男人。其实,肮脏的正是岛村这种男人。

温泉与文学

要说日本人的生活有什么特色,最可说的起码有两样:吃生鱼,泡温泉。日本有三千多处温泉乡(最多是北海道,最少是冲绳),不少是好玩的去处。从传统来说,他们泡温泉本来不是为洗澡,而是叫"汤治",意思是泡汤治病,大约相当于我们中国人泡脚。

温泉的发现大都传说什么人看见动物,多数是白色的,例如白鹿或白鹤,在水中疗伤。动物疗伤之说,能令人信服的是外伤,倘若那温泉与神仙或和尚有关,就可以治疗外表看不见的疾患。神话里的大国主命、少彦名命像神农一样治病救人,被奉为温泉之神。

泡汤治病,江户时代在老百姓当中盛行。藤泽周平的小说里就有个武士甘愿替主子杀人,为的是得到赏钱,能够让老婆去温泉疗愈。群马县的草津温泉很有名，江户人不绝于途，是去治梅毒。1920年代陆军和海军先后在大分县的别府温泉开医院。随着医学的发达，温泉疗法衰落，但温泉摇身一变为旅游和娱乐的胜地。疗效仍然是招徕，皮肤病自不必说，还能治高血压、糖尿病，最不济也是消除疲劳。当然也用一行小字注明：因人而异，不是对谁都有效。

文学与温泉的关系，可以从两个方面来说。一是作家喜欢温泉，住在温泉旅馆里写作，典型是川端康成。他不在家里写，必须去旅馆，不消说，这比要一杯咖啡坐在咖啡馆里写一天费钱。时代进步，生活改善，当代作家很少把旅馆、酒店当自家书房了。二是作家喜欢写温泉，多数是随笔，也有小说，例如尾崎红叶《金色夜叉》的热海温泉、德富芦花《不如归》的伊香保温泉、夏目漱石《少爷》的道后温泉、《明暗》的汤河原温泉、志贺直哉《暗夜行路》的城崎温泉、川端康成《伊豆舞女》的汤野温泉。关于温泉文学，川端康成说："抒写旅客的恋爱，赞颂景色的秀丽，或者记录风俗的新奇，这种表面的浮浅东西不是真正的温泉文学。"2016年某出版社出版了一本《温泉文学事典》，收录了近代以来四百七十三名作家的八百八十篇作品,温泉约七百处。喜欢去作家去过的、作品写过的温泉,这本书可以当指南。不仅文学史,温泉也带有文化史以及文化人类学的意义。

日本人接受儒家思想并不深,没有七岁男女不同席的观念,明治初年一池温泉水不分男女。欧美人士看不惯,日本政府不好意思了,发布禁止混浴令,培养日本人的羞耻心,却屡禁不止。夏目漱石的《草枕》以温泉为元素和舞台,写的也是混浴,在弥漫的水汽中观赏了女性裸体。这在漱石文学中属于最"色"的描写。似乎日本人通过混浴认识了女性的裸体之美,审美意识近代化。《草枕》里"那古井温泉",在现实中是夏目漱石和朋友去过的熊本县小天温泉,战败后旅馆拉漱石的大旗,就叫作"那古井馆"。开篇的警句很有名,意思是智、情、意是人的本性,可是越发挥越难以在世上存活。逃不脱,主人公"我"只有用诗、画之类追求理想世界。对于"我"来说,"每次进来,想起的都只是白乐天的诗句'温泉水滑洗凝脂'。听到温泉二字,必然就心情愉快,像这句诗所表现的。我认为,温泉若不能使人产生这种心情,作为温泉则毫无价值。"温泉是触觉的世界。漱石对温泉的美感来自中国古典文学，隐含着幽默。他还在小天温泉写了一首俳句迎春：小天温泉呀，一池春水滑溜溜，洗掉去年垢。

由井伏鳟二撮合，太宰治和石原美智子结婚，还写了一纸不再破坏婚姻的保证书，日子过得很安稳。夫人全身起痱子，听说甲府市的一处温泉对皮肤有特效，他们每天去那里泡汤。作家吃了不白吃，泡了不白泡，太宰治写了一个短篇小说《美少女》。写的是混浴，男女共泡一池水那种。那天，太宰治和夫人浸泡在池水中，看见和他"成对角线的浴池角落里，有三个人挤在一块儿。七十来岁的老爷爷，身体又黑又硬，脸也皱成一团，怪怪的。年龄差不多的老奶奶又瘦又小，胸部像百叶门一样凸凹不平。黄色的肌肤，乳房让人想到瘪瘪的茶叶袋，很有点可怜。老夫妇没有人样，好似躲在洞穴里的貉，眼睛贼溜溜"。老夫妇中间有一个十六七岁，或许已经十八岁的美少女，她"一下站起来时，我不由得瞪大眼睛直视，觉得喘不上气来。绝不瘦。洁净的皮肤紧绷着，像女王一样。美丽而高大，估计有五尺二寸。咖啡杯一般丰满的乳房，平滑的肚皮，匀称的四肢，一点都不害羞地摆动双手从我眼前走过。白白的小手透明般可爱"。两相对照，太宰治做了一个绝妙的比喻：美少女"是一颗珍珠，附着在脏贝壳上，被那乌黑的贝壳保护"。大概作家本人也会被这个坏心眼的比喻逗乐。过了几天他去理发店理发，发现有个少女偷看他，正是那个一起泡过汤的美少女。他写道："我想跟少女打招呼，说声对不起，比起你的脸，我更记得你的乳房。这少女的美丽肉体，我连犄角旮旯都知道。这么一想很高兴，甚至把少女当作了骨肉。"好像在太宰治的时代，男女同浴时眼睛可以直勾勾看将过去，但如今很多地方用混浴吸引游客，都告示不要盯着看，当然指男人盯着女人看，反过来就没人管了。

川端康成有一篇随笔《汤岛温泉》，温泉在伊豆半岛中央的天城山，他认为是最好的"山汤"。他喜欢温泉，甚至想从这个温泉到那个温泉泡一辈子。十年里年年来汤岛，甚至一住就是一年半载，变成了第二故乡。也是为汤治，他右半身经常麻木，但后来才知道，那里水温比较低，反而不适宜。常住在一家叫"汤本馆"的旅馆，可没有太宰治幸运，泡汤时看见的是大本教第二代教祖出口澄子，"体型很难看，肥肥胖胖。稀疏的头发绾了个结，一张粗俗的脸，好像乡下开杂货铺的老太婆。从水里上来,在檐廊上伸开粗腿,用烟袋锅吸烟。这就是一个宗派的教祖,真觉得不可思议。女儿三代是二十来岁的姑娘,一点都没有魅力"。

川端说:讨厌男女混浴或者觉得稀奇的人是不懂温泉妙处的城里人。裸女绝不美,形状美的万里挑一,在温泉旅馆住一年能遇见一个就是上帝的恩赐了。在浴池中望而生厌的是朋友的老婆、大老远跟客人来的艺妓、过于害羞的女人、一点儿也不害羞的女人,最乐见的是新婚旅行的新娘。

川端十九岁第一次来汤岛,晚上,美丽的舞女在汤本馆门口的地板上跳舞,他坐在楼梯上呆看。次日在天城岭的茶屋又遇见她,十四岁,是伊豆大岛波浮港的人(伊豆半岛属于静冈县,这个伊豆大岛归东京都管辖)。此后一个星期,川端伴随这个"文艺小分队"走到下田。二十二岁那年下榻汤本馆,写了一篇《忆汤岛》,二十六岁时从这个草稿中抽出回忆舞女的部分改写成小说《伊豆舞女》。

村上春树不写温泉。他也喜欢泡汤,但小说里不写,大概故意去日本化。他写外国的温泉,例如《温泉遍地》,是一篇随笔,写道:"冰岛全土冒温泉,简直觉得把温泉的热气做成国旗的标志都可以。温泉多。开车跑，经常发现白色水蒸气热乎乎蒸腾的小河。温泉自然地涌出，就那么混进河里流走。我们日本人看见，会说'啊，太可惜了，这么难得的温泉'。但毕竟在冰岛，遍地温泉，谁也不在意。"日本人看见温泉就想泡，似乎冰岛人没有这习惯，看来日本确乎有所谓温泉文化，的确很独特。

村上说的"温泉的热气"是日本地图上的温泉记号，画得像碗里冒出三条热气。2020年东京第二次举办奥运会，担心这个标志被误解为热乎乎的餐饮，打算改成三个人，但遭到反对，因为那像是表示混浴。

谷崎润一郎之阴翳

大观园

十多年来日本年年闹哄村上春树入围诺贝尔文学奖,到底入没入过围,恐怕他活着的时候是无从知晓的。据诺贝尔财团公示,1958年谷崎润一郎入围。推荐信是三岛由纪夫写的,推荐他的还有诺贝尔文学奖得主赛珍珠、美国的日本文学研究家唐纳德·金、哈佛大学燕京学社社长赖肖尔。不过,"评委会承认对这位候选人感兴趣,可现在还没有做好接受的准备"。1960年谷崎是五名最终候选人之一,此后也连年入围,惜乎1965年去世。

三岛由纪夫说:这样的作家死了,应该国家降半旗,全民默哀。

谷崎二十四岁发表小说《刺青》,此后五十多年里创作的作品足以超身。如果问,他的长篇小说哪一部最好,可能不容易回答,但若问哪一部最有名,则属《细雪》无疑。除了夏目漱石的几部教科书式作品,大概《细雪》是现代日本人最爱读的,雅俗共赏。

谷崎润一郎生于1886年。那年是明治十九年,大清北洋舰队的四艘铁甲舰访问日本,清兵上陆,在街头和日本警察大战,双方死伤八十多人,叫"长崎事件"。谷崎出生在东京的日本桥一带,如今是景点。故居早就没有了,一栋楼房的墙上镶了一块牌子,写着"谷崎润一郎诞生之地"。字是松子写的,她是谷崎的第三任妻子。

谷崎结过三次婚。第一次是三十岁,女方叫千代,是谷崎情人的妹妹。似乎他这个人爱吃窝边草,最拿手的是搞小姨子。关于结婚,谷崎的想法是:"我的生活大部分是努力使我的艺术完美,我的结婚也终归是一种手段,以使我的艺术更好、更深。"不想要孩子,奈何第二年就得了一个女儿,起名叫鲇子。明治时代女性爱用动植物取名,"鲇"是香鱼的意思,后来听说这个字在汉语里指的是鲶鱼,便改用假名写。

千代当过艺妓,属于贤妻良母型,而谷崎是受虐狂,喜欢那种美丽而冷酷的坏女人,拜倒在石榴裙下,还要让她再踏上一只脚。后悔结婚,在小说里反复写杀妻的主题。对口味的是千代的妹妹,十六岁的圣子。佐藤春夫住在附近,看见谷崎用拐杖打老婆,还发现他和小姨子的关系不正常,很同情朋友之妻千代,这种同情发展为爱情。谷崎很痛快,对佐藤说,那就把老婆让给你。这时谷崎热衷于电影,写脚本,也把圣子送上银幕演主角,却不料圣子迷上男演员,不肯嫁给他。小说《痴人之爱》写一个男人想要把十五岁的奈绪美培养成理想的女人,娶她为妻,结果自己反倒变成她的奴隶,这个小妖精的原型便是圣子。

谷崎当然比他笔下的男人现实,怕鸡飞蛋打,反悔出让千代,佐藤春夫愤而断交。后来佐藤和妻子的表妹勾搭成奸,妻子说他跟谷崎是一丘之貉。惺惺相惜,哥俩儿又和好如初。佐藤写了一篇《润一郎其人及其艺术》,道破谷崎这个人"没有思想"。佐藤比谷崎早死一年,谷崎撰文追悼,说世人把芥川龙之介置于佐藤春夫之上,他不以为然。今天人们还爱读芥川,佐藤被遗忘殆尽。

谷崎打算娶以前在他家当过女佣的绢枝,跟佐藤、千代联名宣布:我们三人协议,千代和谷崎离婚,和佐藤结婚，双方交往一如从前。这个"让妻事件"成为当年（1930年）的一大新闻，也是日本文学史津津乐道的逸话。谷崎没有娶绢枝，转年和以前托他找媒体工作的丁未子结婚。这时又和松子交往，青鸟殷勤。松子本来是芥川龙之介的粉丝，几年前松子来见芥川，也认识了谷崎。松子邀他们跳舞，把谷崎跳得不亦乐乎，芥川作壁上观。从照片上看谷崎的体型，好像小脑不发达，但当年在横滨，正经跟西洋人学过跳舞。关于女性，他振振有词："搞创作的人不能过普通的婚姻生活"，"其原因在于艺术家不断地梦想自己所憧憬的、比自己高高在上的女性，但变成老婆，大部分女性就金箔剥落，变成不如丈夫的凡庸女人，所以不知不觉的，另求新女性"。

谷崎想着松子创作了小说《盲目物语》，松子为这本书题字，还充当扉页画的模特。给松子的信写得很卑微："愿作您的忠仆，侍候在您身边"；"作为忠仆，为您效劳，遵守主从之分"。这种女性崇拜是小说《春琴抄》的基调。松子的丈夫和小姨子信子偷情，不过问松子和谷崎的关系。和丁未子过了两年多，谷崎离婚，松子也离婚，带着一双儿女嫁给谷崎。

松子家是富商，有姊妹四人，她们就是《细雪》的原型。谷崎告诉唐纳德·金：几乎照实描写了实际上发生的故事。这个小说以1930年前后大阪、神户一带的上流社会为舞台，像一幅风俗画卷，描绘一家四姊妹鹤子、幸子、雪子、妙子的生活。主线是雪子总也相不中的相亲，还有妙子超乎寻常的男性关系。结构没有起伏，人物造型是立体的。幸子的原型是夫人松子。谷崎爱搬家，移居关西以后也搬过十三次，创作《细雪》时住在神户市内，一住七年，算是为时最长的。这处宅邸叫"倚松庵"，作为谷崎旧居保存并展示。院内确实有一株松树，但谷崎倚的是他的艺术女神松子。主人公雪子的原型是松子的大妹妹重子，说不定谷崎向松子求婚时心思已经在这个妹妹的身上。雪子穿和服，妙子多半穿洋服，二人性格形成对照。雪子象征日本的古典文化，纯洁无垢，妙子象征西欧文化，性自由而污浊。

大约从1942年10月开始写，在杂志上连载，第三回被当局禁止。编辑部公告：当此进行决战之时，影响不好。谷崎说：坦率地写一个市井妇人的生活感情和纤细的时代思想表现有何不可，但当局认为太反动，那个妇人的生活感情不符合战争时期的生活。虽然遭禁,也继续往下写。写完上卷,自费印刷二百四十八册。最先寄给重子,说这是自己最长最好的杰作。送给亲朋故旧,叮嘱不要向文坛张扬,但警察还是找上门来,要求写悔过书,不许再付印。在疏散地听到天皇的"玉音",完全不明白什么意思。听了两遍警察的广播,才总算明白投降了,还有乡下人说是美国投降。1948年下卷脱稿,这是他费时最长的作品。打腹稿,做笔记,仔细地安排哪年哪月把哪件事插进去。本来还想写更多的有闲太太,特别是偷情,但战争打得正激烈,也不好写得太颓废。唐纳德·金认为《细雪》写得太长了,三岛由纪夫也说洪水的描写太长了。

谷崎润一郎是直接从西方文学汲取文学素养的少数作家之一,可说是西方式作家,《细雪》具备了西欧市民小说的规模和骨架。从长篇小说的完成度来说,可能不如《卍》和《食蓼虫》。这是一部社会小说,写的是社会中四姊妹的生活。围绕她们的,特别是雪子相亲的男方们,有各种职业,各种家庭,扩展了社会场景。不仅精细地切取了社会的一部分,精致地刻画出女性的种种心理,而且繁缛地描写四季变化和风俗活动,如樱花、鲷鱼、萤火虫,写出古代王朝以来的传统美。《细雪》明示了作家向日本古典文化的回归。随着时间的推移,它越来越变成乡愁式小说,吸引着读者。

战败后《细雪》得以出版,大大地畅销。谷崎移居京都,大宅院名为"潺湲亭"。重子死了丈夫,也被谷崎叫过来同住。她没有孩子,过继了松子和前夫的儿子。这儿子娶了一个媳妇叫千万子。一时间潺湲亭住着《春琴抄》等名作的模特松子,《细雪》的雪子模特重子,《疯癫老人日记》的飒子模特千万子,《厨房太平记》的模特们——五六个女佣。谷崎为自己营造了一个大观园,支撑它,并且统治它。他写了一首短歌:"つまいもうと娘花嫁われを囲む潺湲亭の夜のまどゐ哉",意思是老婆小姨子,闺女新嫁娘,潺湲亭之夜,绕我乐团圞。这真是其乐融融。谷崎热爱生活,富有亲情,对于女人来说是一位慈爱的王者。他还有按照小说生活的嗜好,譬如写《春琴抄》时使用从古董店买来的食案,翻译《源氏物语》时把家里改装成平安朝风格。谷崎对男人不感兴趣,传闻他在京都没交下一个男友,恨不能把千万子的丈夫也赶出家门。他写男人不大上心,写也是用来映照女人的镜子,或者干脆是女人的奴仆。《细雪》中被指为谷崎本人的贞之助写得很有点马虎。他观察大观园里的女人,把她们写进小说,常常像暴君,丝毫不顾及笔下的伤害。周作人说过好有一比,把永井荷风比作郁达夫,谷崎比作郭沫若,但郭沫若远不如谷崎对家庭负责。太宰治和谷崎一样,文学创作离不开女人,但他更是不顾家。谷崎热爱生活,从未有过自杀的念头。他成功从时代逃避,然后用一种逃避时代的视点来抓住时代。

谷崎把《细雪》进献给天皇,据说天皇从来不读小说,居然读完了。皇后也读了。谷崎获得政府颁发的文化勋章,又写了一首短歌:"人の世のまことそらごとこきまぜて文作りしを嘉みし給ふか",大意是人世多少事,真真与假假,搅和做文章,官家颁嘉奖。

长筒袜

最近读了一本女作家桐野夏生的小说,2017年出版,书名借用英语,还其本来面目,是"dangerous"(危险的)。写的是谷崎润一郎六十二岁出版了长篇小说《细雪》以后,到七十九岁病故的家庭生活以及文学。有人说,小说家一旦写起了传记性或者历史性故事,就可能是没什么可写的了,想象力枯竭。谷崎几乎把自己的人生都写成小说和随笔,所以读《危险的》也有点想看看这位女作家的冒险。

《细雪》是谷崎润一郎的代表作,取材于他的第三任夫人松子一家四姊妹。松子是谷崎的艺术女神,多次给他的作品当模特,但这次的笔墨用在了松子的妹妹重子身上,她成为《细雪》主人公雪子。桐野夏生的小说就是让重子自述。她死了丈夫,被谷崎叫来一块儿过活。没有孩子,过继了松子和前夫所生的儿子清治。清治娶千万子为妻。千万子是文人画家桥本关雪的外孙女,大学学英语,爱读推理小说,并不把谷崎的京都大宅院"潺湲亭"看在眼里。这时谷崎六十四岁,已经被呼为文豪。写完了《细雪》,无论生活还是艺术,谷崎的兴趣从松子姐妹游离,寻求下一个文学的猎物,正好千万子送上门来。松子和重子属于旧世界,而千万子是新时代女性,她和谷崎对等地说话,潺湲亭的传统氛围为之一变。果不其然,千万子被用作晚年名作《疯癫老人日记》的模特,那个让老公公跪在地上捧起她的脚把三个脚趾头塞满嘴里的飒子。

千万子姓渡边,2001年把谷崎润一郎写给她的二百零五封信和她的八十八封回信汇编成"往复书简"出版,其间有五篇她撰写的回忆。千万子写给谷崎的信是谷崎退还的,还建议她出一本"千万子的信"。但也有流言,说书信是千万子为谷崎守夜时从书房偷走的。

谷崎在信中写道:"我非常喜欢你穿裤子的样子。看见那样子就涌起某种文学的感兴。过些日子一定用这种灵感写小说。"日本女人传统穿裙子。嫁给摇滚名人列侬的小野洋子回日本，三岛由纪夫骂她穿条裤子到处嘚瑟。战争年代军政府推广一种劳动裤，便于女人扎起裤脚为战争奉献，现今乡下还常见女人穿。千万子穿戴以黑色为基调，想来在当时别有风情。谷崎又写道："我没想让你做其他什么，只是想让你把新时代的知识、风俗、说法等老人不知道的事，不拘什么，经常告诉我。拜托。非你不行。"

《疯癫老人日记》的结尾让老人疯癫地活着还是痛快地死去，谷崎拿不定主意，千万子的意见是活着，老人便永远活在七十多岁。谷崎兴奋地告诉千万子："前几天有个人说：有谁给你当顾问吧，不然，写不出近来这样的东西。他要是知道顾问是一个年轻的美女，恐怕会大吃一惊。"

画家有模特，在作品上追求"似"，形似或神似，作家也有模特，但不拘于一个，混合而成文学创作。画家的模特完全变成艺术品，不再被注意，除非与画家的私生活发生关系，而文学模特往往被挖掘，用来研究作家或作品。家庭里婆媳不和，在桐野夏生的笔下变成了一场《细雪》的模特与《疯癫老人日记》的模特之间的具有文学意义的战争。对于松子和重子来说,千万子是危险的存在。她们不容许谷崎在生活中另寻新欢,况且那新欢还要在文学原型上独霸。

谷崎润一郎与渡边千万子之间的通信似乎见不得人的,可谷崎最爱写的,正是那些对于普通人来说见不得人的事情,以至于变态。小说里老人已经性无能,性的欲望和幻想却不衰,借迷恋女人的脚得以满足。家人认为他疯癫,他便疯疯癫癫地为所欲为。石头上刻画的佛的脚掌"佛足石",信徒借以崇拜佛,而谷崎有恋物癖,崇拜女人的脚。看见奈良三月堂的不空羂索观音菩萨的脚,总会想起母亲的脚,宽阔而偏平,而飒子的脚像柳鲽鱼一样修长。名篇《春琴抄》里只是左助把春琴的脚放在胸口暖,这回老人要把飒子的脚形雕成佛足石,长眠在下面。被她踏着,感受她全身的重量,痛并快乐着。

疯癫老人像谷崎一样患有高血压,给飒子的脚掌涂上朱色,贴上宣纸,一张又一张拓脚形,忙得血压超过二百。实有其事。谷崎的信里写了在梅园饭店里两天不见人,只是和千万子聊天,还弄了佛足石。千万子和尼姑作家濑户内寂听对谈,说谷崎骗她,说是取脚样给她做鞋。《疯癫老人日记》从1961年11月连载到1962年5月,这年8月谷崎给千万子写信说:"前些时候你穿的鞋,适合穿它的有品位的脚真是很少见。"或许这双鞋就是谷崎给千万子订做的。

1962年2月谷崎写信托香港鲍耀明买丝袜:"给你寄去一个带刺绣的长筒袜样子,这是某日本妇人从香港买来的礼物。长筒袜好像是美国制,但不知刺绣是在美国做的还是在香港做的。想要比这个小一号的。这里把脚的尺寸画了图。刺绣的图案不拘,最好是龙什么的。要是有的话,拜托寄下。这个做样子的长筒袜请寄回。二十六七岁的妇人用。"一周后鲍耀明寄来长筒袜,谷崎回信:寄来的长筒袜比样品高级,非常好。觉得这种东西非香港弄不到。如果还有别的样的,想再要两三种。这位二十六七岁的妇人应该是千万子,那年她二十九岁。

《危险的》最后,自觉被谷崎爱的重子替姐姐出头,劝告谷崎莫再给千万子写信,不然松子就离婚。谷崎顺从,写信也是公事公办的态度了。或许文学趣味又转移了也说不定。1963年出版《厨房太平记》,写的是他家里那一群女佣。

渡边千万子于2019年4月病故,享年八十九岁。

阴翳

谷崎润一郎爱搬家。

据说他一辈子迁居四十多次。和江户时代的浮世绘师葛饰北斋相比，却还是小巫见大巫。北斋活了九十岁，一心作画，不事清扫，身边变成垃圾堆就挪窝，总计九十三次。江户人以租房为主，搬家是常态，改称东京后此风不衰。周作人赞叹日本房屋"特别便于简易生活"，一架板车就拉走全部家当，但谷崎追求的是奢华生活，豪宅与美食，女人成群。他给自宅都起了好听的名字，倚松庵、潺湲亭、雪后庵。

谷崎是地道的东京人。三十六岁那年（1921年）举家移居横滨，左邻右舍是西洋人。横滨的异国风情令他着迷。家里没有榻榻米房间，不用进屋脱鞋，皮鞋从早穿到晚。跟俄国人学跳舞，还逼着腼腆的夫人跟着跳。扎一条红领带,雇的是西餐厨师,衣食住都一味地模仿西洋人,唯恐不及。在他看来,"东京算不上城市,就是个大村子,或者村子的集合"。轻薄,赶时髦,是明治维新以后东京人的趣味和风气,他也表示过讨厌。

1923年9月1日,傍中午,发生关东大地震,火灾四起,烧掉了半个东京。当时谷崎在箱根,正坐在巴士上。携家眷到这里避暑,女儿要开学,他把家人们送回横滨,又独自返回来,在旅馆里写作。作家搞创作需要孤独与集中,家庭就像是累赘。传统的木造房屋一般都没有书斋,纸糊的间壁不隔音,有些作家喜欢住进旅馆或酒店写作。现在也有作家在外面租借写字间,每天上下班写作,像是上班族。谷崎担心家人,赶紧乘火车绕道大阪,再从神户坐船到横滨,十二天后终于和妻儿团聚,然后带她们坐船逃往关西。

简直像"逃亡"。我遇见过这种"逃亡"。那是2011年3月11日东日本发生地震,引发大海啸,死了一万多人,还造成核泄漏事故,我坐在电脑前经受了这场震荡。第二天就有人往其他地方逃,不过,日本基本上没有闯关东、走西口、下南洋的迁移习性,大家蔫悄的,"打枪的不要",呈现的是一片镇静,令外人赞叹不已。

"好像人在多么悲伤的时候也会考虑与之完全相反的高兴的事、明朗的事、滑稽的事",谷崎说。遭灾时固然挂念亲人,同时他也像郭沫若一样高歌凤凰涅槃:"烧吧,把除了泥泞、破道路、没有秩序、人情险恶以外一无所有的东京全烧光","这下子东京就会变好了"。他觉得"旧日本被丢弃,新日本还没来,这种混沌状态最坏不过了"。有十年的工夫就能够复兴,那时候东京将变成巴黎、纽约那样的一大不夜城,市民过上纯欧美式生活,年轻人男的女的全都穿西装。

日本狭长,斜倚在地图上,头枕东北,脚蹬西南,中间的肚子最肥大,那肚子上东京一带叫关东,京都、大阪、神户那边叫关西。关东以东京为中心,而京都、大阪、神户这三个地方还各有文化圈,差异也颇大。笼统地说,明治维新以后,濒临太平洋的东京严重地西化,而千年古都所在的关西地方较多地保留着传统文化。谷崎先来到神户,虽然神户有关西最大的租界,但走在街头,他想起自己小时候,怀念依依。东京完全失去了往昔的模样,没想到在京都的老街、大阪的旧巷发现了土墙和木格子门窗的老房子成排,"啊,过去东京也这样!"他遇见了久已忘却的故乡。

当时到关西避难的作家很不少,但不再回东京的就只有谷崎润一郎一个。他用和外国游客一样的心情游览奈良和京都。像外国人珍重日本浮世绘师歌川广重的作品那样,用异国情趣来欣赏和喜爱旧日本。甚至觉得往来的行人有东京见不到的风貌,如果给他们换上古代的衣服,就变成几百年前的人物。1926年,本来是临时逃难的谷崎决定在关西长久住下去。他说:"我出生在东京的日本桥那里,但已经不再把东京当作自己的故乡。本来有东京人没有故乡的说法,正是如此。"京都地处盆地,夏天热,冬天冷,谷崎晚年又搬到温暖的静冈县。虽然这里离东京近,但他经常往返的是京都,终于未叶落归根。

于是,谷崎文学有关西以前和关西以后之分。魂兮归来,从崇洋回归日本,他常穿和服了,文风也发生巨变。他的回归不是像提携他的永井荷风那样停留在江户时代,而是上溯到王朝文学,把平安时代的《源氏物语》翻译成白话。对于他来说,古典也洋溢着异国情趣。发生这种震撼日本文学史的转变,因由不单是乡愁，关西有他小时候熟悉的东西，也因为遇见了关西的女人，特别是松子，他的第三任妻子。他给松子写信：今后你将使我的艺术境界更丰富，对于我来说，不是你为艺术，而是艺术为你。

《痴人之爱》是关西以前的集大成之作，而关西以后，谷崎转向日本传统美，用观察异文化的眼光创作《食蓼虫》《春琴抄》《细雪》等杰作。《细雪》三个主要人物的原型是松子三姊妹，谷崎"对三姊妹的感情底下有东京人对大阪人的异国情趣"。他要写"色彩强烈的、没有阴翳的华丽文字"，关东大地震十年后的1933年，他用这没有阴翳的华丽文字礼赞阴翳，那就是随笔《阴翳礼赞》，最雄辩地拥护传统美学。这种美学与其说是日本的，不如说是京都的，谷崎作为一个粉丝对京都的传统文化大加礼赞。

谷崎说，美不在于物体，而在于物体和物体造成的阴翳。阴翳来自光亮，中国早就有阴阳之说。中国文化推崇阳，日本拿来中国文化，为建立自己的文化而强调阴，这从《徒然草》到茶道的文化演进上有迹可循。谷崎换了一个视角，从西方人喜欢明亮来立论，与西方文化做比较，以显出日本的特色。这种比较不免也有点为赋新诗强说愁,强词夺理,甚至犯了点阿Q的毛病。日本式房屋几乎能大敞四开,只立着几个柱子,通风良好,但关闭起来,门窗糊着纸,想不阴翳都不行。岂止阴翳,甚至里面黑乎乎。日本人的祖先住在昏暗的房屋里,并没有发现美,反而是对抗阴翳,女人抹成大白脸,"比什么样白种女人的白更白",这样才能在阴翳中显出脸来。如今舞伎还这么化妆,在京都的花小路上遇见,光天化日之下没有阴翳衬托,一脸的惨白,真像活见鬼。

谷崎凭他的生花妙笔,生生把阴翳写成一种美。自从有了阴翳之说,日本到处用人工制造阴翳。特别是所谓和式旅馆,馆内不见阳光,廊下设一溜昏暗的灯光,阴翳乃至阴森。然而在现实生活里,不仅公寓大楼,连独立房屋也讲究采光,极力驱逐阴翳。至于阳光耀眼,挂起窗帘来遮挡一下,未必为了美。

周作人虽然称赞谷崎的厕所之说,却吃过这种厕所的苦头,他写过自己的体验:"那里的便所虽然同普通一样上边有屋顶,周围有板壁门窗,但是它同住房离开有十来丈远,孤立田间,晚间要提了灯笼去,下雨还得撑伞。"这样的厕所当然不宜于他主张的"入厕读书",只能蹲在那里抽根烟或者想点事,也就是谷崎说的"冥想"。经济大发展,和式厕所被西式取代。而且用工匠精神加以改造,又是水洗,又是加热,连歌星麦当娜也买了马桶带回家。

谷崎写了《阴翳礼赞》,并不表示他讨厌甚而拒绝西方式生活,只是痛斥东京山寨得不到家罢了。文学上从西方回归日本,但现实生活中到死都喜爱年轻时就特别喜爱的美国式现代文明的奢华。谷崎要建造最后的栖身之所,建筑师说:拜读过大作《阴翳礼赞》,非常了解先生所好,一定设计得令您满意。夫人、小姨子、女秘书在一旁听了面面相觑,忍俊不禁,谷崎吃了一惊,断然拒绝那位建筑师的想法。他向来喜欢住亮堂堂的大宅子,喜欢吃中餐和西餐。人们说日餐不是吃的,而是给人看的,但谷崎觉得与其说是看的,不如说是冥想的。冥想便有了禅意,日本传统美一向拿禅当靠山,最终解释权归禅。

阴翳的世界因其阴翳被嫌弃或者被改造,谷崎把它弄回到文学领域来,美不胜收。但文学就是文学,不能拿文学过日子。

广东犬

谷崎润一郎一辈子出过两次国,一次是中国,还有一次也是中国。

关于这两次中国行,他写道:"我初次游中国是第一次世界大战宣告结束那年,即大正七年,当时彼国文坛好像还不大知道日本近代文学什么的,我毫无机会和文坛的人交往就回来了。过了七八年第二次去上海时,已经是翻译了武者小路实笃、菊池宽等人的作品的时代,所以内山完造一天晚上特意为我在内山书店楼上设宴,结识在上海的文艺家们。来的人当中,后来最有名的是郭沫若,但和我结下最亲密关系的,第一是田汉,第二是欧阳予倩。"

大正七年是1918年,距今一百多年。鲁迅就是在那年发表第一篇白话小说《狂人日记》。当时郭沫若在日本，一边和安娜同居，一边读九州帝国大学。日本过去有七所帝国大学，冠以地方名称：北海道、东北、东京、名古屋、京都、大阪、九州，战败后去掉帝国二字。日本战败之前和之后的变化很多都只是换了个叫法，换汤不换药，时常令我们莫名其妙。

那时候交通不像现在这样便捷，可以从东京直飞北京、上海。谷崎从东京坐船到下关，再坐船到朝鲜半岛的釜山，然后乘火车到京城（现在叫首尔），经平壤、新义州，抵达奉天（1945年改称沈阳）。小住数日，乘火车到山海关，再乘火车到天津，然后到北京，看了梅兰芳等人的演出，大为感动。又乘火车到汉口，乘船沿长江而下，抵九江，游庐山，写了《庐山日记》。再上船到南京。乘火车到苏州，雇画船前往天平山游览，写了《苏州纪行》。之后到上海，又去了杭州，返上海，坐船回到神户，再乘火车回东京。这一大圈用了两个月的时间。

1926年谷崎再次去中国，正好四十岁，可说是"壮游"。逗留长崎时看见朋友家有一条广东犬，自己也想要。1月13日从长崎上船，次日抵达上海，今非昔比，报纸也报道谷崎来沪。日本人为他洗尘，认识了内山完造。内山在自己开的内山书店给谷崎介绍了中国的作家和演员，有郭沫若、田汉、谢六逸、欧阳予倩等。相聚甚欢，喝得大醉，被郭沫若等人送归住处。2月12日是除夕，欧阳予倩请他到家里过年。佳肴丰盛，彻夜欢乐。欧阳挥毫，给他写了一首诗："竹径虚凉日影移，残红已化护花泥，鹦哥偶学啼鹃语，唤起钗鸾压鬓低。乙丑除夕。"谷崎带回来装裱悬挂，后来遭美军空袭烧掉了。2月14日随田汉造访油画家陈抱一，陈送给他两条广东犬——"那是纯粹的广东种，披一身黑色的卷毛。"谷崎把送狗这件事误记到欧阳予倩头上，内山完造读了他写的"怀旧谈"，去信订正。17日乘船回日本。可能是不服水土，一年后两条狗都死了。

1912年至1926年的大正时代及其前后，日本人对中国文化，从文学到美术、建筑乃至生活方式大为爱好，向往中国，被称作"中国趣味"。以中国为素材的绘画甚至形成了近代日本美术的一大潮流，作家则是以谷崎润一郎以及芥川龙之介、佐藤春夫等人为代表。像当今中国的日本旅游热，那时日本时兴中国旅游热。谷崎两次旅游中国，可以说第一次是观光，第二次是交友。观光就是从书本的古典看中国,对自己的知识和趣味加以验证,某种程度上也是自我确认,不会像搞政治或经济的人那么关注现实,印象就好些。他说:"旅行归来,我更加厌恶日本,同时变得热心地喜好中国,更热心地喜好西洋。"第二次重访,更多的是听来的中国,那些热血的中国青年要痛加改造的中国。谷崎说:"总之,第二次游览上海回来以后两三年里渐渐跟西洋式生活说再见了。"同时也是跟"中国趣味"说再见,回归日本。虽然是"中国趣味"的先行者,从上海回来却没有像步他后尘的芥川龙之介那样写"被不好的西方所污染"的上海。作为一个我行我素的人,即便同意田汉们的看法,也不再写中国题材。这两次中国之行对谷崎的思想及文学的转向有重大影响。

谷崎原先是喜好西洋的,养猫也不养日本猫。喜欢狗的程度不如猫。他这样说:不管怎么说,好玩儿的是猫。犬除了撒欢儿,不知道爱的表现。夜里看见猫一直像静物一样趴在书案旁,实在安静,好像心也自然沉静起来。他家也养狗,所以怕狗的泉镜花来访,老远就喊"谷崎,把狗拴起来"。报社请泉镜花写东京什么景,还得派一个保镖每天跟着他逛,想来那时候东京街头跑着很多野狗。谷崎不像佐藤春夫、志贺直哉那么喜欢狗,但也没断了养狗。

1927年6月听说田汉要来日本,谷崎赶紧从东京返回神户接待。同来的还有他不认识的雷震,二人就住在谷崎家。田汉是来聘请电影技师的。日后田汉用笔名李漱泉翻译了谷崎润一郎的《神与人之间》等五个短篇小说,并附有谷崎评传、年谱。当年12月,欧阳予倩乘船到神户,谷崎领他看戏,游祇园,参观电影厂。在一家叫桃源亭的中国餐馆用餐,欧阳自己下厨房做菜。两人在旅馆里畅谈戏剧和文学到深夜。那时谷崎对戏剧感兴趣,写了好多剧本,甚至想要当舞台导演,但后来觉得自己没有这方面的才能,撤步抽身。晚年他佩服三岛由纪夫的戏剧才能。欧阳予倩回国后移居广州,翻译了谷崎的《空与色》(原名直译为"无明和爱染"),并搬上舞台。他给谷崎寄来非常好喝的老酒和两条广东犬。1929年谷崎家养了八只猫,"狗呢,现在只有四条狗,牧羊犬、猎犬、两只万能㹴。最近又来了两条广东犬"。可惜,"广东犬在日本很贵重,不好养,或许是这个缘故,不久就死了"。

提及谷崎润一郎和中国的交流，有人就想到比谷崎大一岁的周作人，实际上谷崎认识周作人是1941年，那时周作人已当上汉奸，来日本参加东亚文化协议会，谷崎说他是"属于反重庆方面的几乎唯一有大名的文学家"。谷崎、周作人和吉川幸次郎三人举行了座谈。1960年代香港鲍耀明请托谷崎为周作人购买食物，不知是碍于和谷崎并无交往，或者本来是鲍耀明擅自主张，总之，周作人收到了东西也不曾直接给谷崎回信。

谷崎对广州犬念念不忘。过了三十三年，1963年4月23日给鲍耀明写信，感谢他屡次寄来中国名人印谱，并问能不能帮他弄来"黑色的广东犬，雌雄两条"。两个月之后的6月23日又写信：所幸两条狗都颇为健康，食欲惊人，马上起了名，大的叫广，小的叫东。不过，经兽医检查，发现两条都是母的。恐怕是大的被误作公的寄来了。"两条母的不能得仔"，所以请再给弄一条公的来。1964年7月谷崎患病，从京都搬到神奈川的汤河原疗养，又两度叮嘱广东犬之事：公的，尽量是黑的。

谷崎索要广东犬，是打算写《猫犬记》，但好像有什么阴差阳错，广东犬迟迟未寄来，1965年7月30日谷崎病逝。夫人在谷崎的笔记本上发现《猫犬记》的构思：一个男人爱猫也爱狗，因为狗追猫，渐渐恨起狗来。看见雪子爱抚猫，他恨狗的倾向越来越强烈。给狗吃猫吃剩的，用洗过猫的水洗狗。自己变成女性或者男性的猫被Ａ子爱抚，或者Ａ子也变成猫陷入同性恋……

谷崎没有第三次旅游中国。他说："中国和日本的关系陷入可悲的不幸状态，日本军阀不可一世，蹂躏中国民众。我也有去中国的机会，但讨厌被军阀利用，看见军人在嚣张，再也没去过中国。"

1956年7月欧阳予倩随京剧团来日本，时隔三十年和谷崎在箱根重逢，并举行对话，发表在杂志上，题为《三十年后的再会》。欧阳写了一幅比战火烧掉的挂轴更大的墨迹相赠，谷崎一直挂在客厅里。据说郭沫若多次邀请谷崎访华，但他以年事已高，健康不佳为由，敬谢不敏矣。谷崎说："除非两国恢复邦交，可以自掏腰包自由地往返，否则不会去。"

百合子日记

武田泰淳也借了一块地盖别墅。比不上豪富的庄园别业,他称之为"山小屋"。虽小也起了名,叫百花庄,用妻子百合子和女儿花子的名字合成。

这是半个多世纪以前的往事。

日本作为亚洲国家第一个举办奥运会的1964年,7月,武田家四口——夫妻、独生女和狗,要去住别墅了。丈夫说:"盖了山小屋以后,哪怕只是在那里住的时候,你要记日记。就写写某日买的东西、价钱、天气。要是有好玩儿的事,做的事,照样写就行。不用在日记中述怀或者反省。你这个人不适合反省,只会想着强辩。"

常见作家之妻在丈夫死后著书,回忆作家活着时的那些事,为丈夫立说。例如夏目漱石妻镜子、太宰治妻美知子、谷崎润一郎妻松子……不消说，回忆的价值几乎取决于作家其人的知名度。除非本身也当着作家，妻子大多是充当成功男人背后的女人，武田百合子也不例外。不过，被丈夫鼓励或威迫，操持家务之余她还写了日记。这就是"百合子日记"的缘起。可说是遵命文学，遵的是"主人"之命；日本把丈夫叫"主人"，相当于中国"当家的"。

别墅在富士山北麓，地址是山梨县鸣泽村。日本最高峰富士山坐落在静冈和山梨两县，山顶为浅间神社私有。浅间神社的本社在富士山南麓的静冈县富士宫市，是德川家康营造的。静冈濒临太平洋，山梨是日本四十七个行政区当中八个不靠海的内陆县之一，有个假日叫"海之日"，这些县属于沾光。静冈县有多处越海眺望富士的景点，而山梨县有富士五湖，鸣泽村有树海。武田泰淳请来老友竹内好，得意洋洋地领他游览周围环境，竹内连声说：一般，这里很一般。他们是东京帝国大学的同学，学中国文学。

周作人"光头更不着袈裟"，1934年重游日本，竹内、武田等人借机结成中国文学研究会。武田因散发传单被拘押一个多月，出来后退学，1937年应征入伍，到中国驻扎两年，恰好这期间竹内好以公费留学北京。订交四十年，竹内感叹："要是用汉语，愕然、怃然、栗然、茫然……哪个都可以，更直截了当，感慨无量、呜呼也可以，或者干脆用日语'哀'。"

武田泰淳每年春秋约半年在富士山别墅度过。《富士》有一半是在这里写的，灵感来自当地，舞台也设定在当地。边写边发表，一鼓作气连载完，这是他写得最顺畅的长篇小说。百合子采购做饭，还要为丈夫开车以及理发，闲下来吭哧吭哧记日记，直到1976年武田病故两周前，也就是从她三十九岁记到五十二岁（其间有两年空白）。百合子本来想从事出版工作，却是在出版社老板开的咖啡馆"兰博"当女招待。这个咖啡馆在东京神保町书店街的胡同里，迄今犹在，招牌换作"米隆戈"，播放着阿根廷探戈。当年兰博是作家的据点，远藤周作、三岛由纪夫也常来，百合子从中结识了不显眼的武田泰淳。堕了四次胎，奉子嫁给这位1943年以评论《司马迁——史记的世界》成名的作家，当上了专职主妇。武田说：没有百合子，就没有武田家。

百合子性格开朗，率真而幽默。眺望大海时晕眩，她说练习练习死；吊丧的编辑挤了一屋子，她说：新寡妇有人气呀。文艺杂志《海》的编辑村松友视被派来抬武田泰淳上医院，守夜也赶来帮忙。获悉百合子写有日记，当即约稿，以《富士日记》为题发表在1976年的《武田泰淳追悼特集号》上。又连载数期，翌年出版单行本。文学家埴谷雄高惊呼：本来应该只是在文学里的人物出现在世上的现实中。百合子被武田泰淳拿来写小说，最早是《未来的淫女》："对于我来说是有趣的存在"，"数学是她最喜欢的学问"。村松友视是《富士日记》的责编，而缘分从担当武田泰淳的《富士》开始。第一次登门，百合子从半开的门里露脸，"眸子瞬间变换了好几种颜色"。后来村松转向当作家，获得直木奖，还写了一本《百合子是什么颜色》，探究武田百合子的本色。并无定论，大致认为本色是诗人，用诗人之魂写散文。百合子少女时代写过诗，据她弟弟说，后来读了同仁中村稔的诗，绝了当诗人的望。中村稔缅怀故人，说：《富士日记》可当作叙事诗来读。

百合子的文章被誉为天衣无缝，轰动文学界和读书界，大都以为近朱者赤，她受了大作家丈夫的熏陶。

诗人大冈信盛赞之余,说可能为丈夫口述做笔录,自然训练了作文。然而,了解百合子的人否定此说,称赞她是天赋文章家。所谓文章家,是文章写得好,小说家未必是文章家,可能只是故事匠。夏目漱石的小说《少爷》改编电影电视剧二十多次,无一成功,文学家井上厦说,因为这个作品的文章之趣一拍成影视便丧失殆尽。武田泰淳半身不遂后采用口述笔录的方式坚持把文学之路走到底,写出《晕乎乎散步》。大概他口述如同和妻子交谈,百合子也不会像秘书那样埋头记录,夫妻对话,犹如合著。继续"不走路的散步",武田回忆日本投降前后在上海两年的经历,结集为《上海萤火虫》。写道:"上海青少年骑自行车哼着京剧。《何日君再来》这首歌流行。每次走在里弄里,洗麻将牌的声音从各个窗户、门口传出来。上海的主妇和孩子们抱着盛得满满的大碗,动着筷子吃得很贪婪,嘴边沾满了饭粒。吃饭越来越难的人们,在人前吃饭是一种骄傲。"

《富士日记》所记的内容很简素,天天记下三餐吃什么,不厌其烦,简直像应付丈夫的差事。当然不是钟鸣鼎食之家或者美食家的食谱,有人读了说:府上没吃什么好东西呀。有一位认真的左翼人士则大为钦佩：八月十五吃疙瘩汤，不忘过去嘛。百合子惶惶然解释：哪里呀，"主人"只剩下一颗牙，疙瘩汤比面条、馄饨吃起来痛快。与武田家有深交的文学家中村真一郎叹息："我佩服她那有专业作家般观察力与表现力的才笔，同时对日记中详细记下的日常饭菜羡慕不已，简素却富于变化。颇觉得不可思议，百合子在什么样的成长过程中掌握了那种使餐桌愉快的技术呢？战争期间及战败后没有东西的时代，日本家庭应该忘记了吃饭摆上几个菜的习惯。"

日记或回忆应该写什么？不禁想起了伊吹和子。谷崎润一郎因右手麻痹不能执笔而口述，雇请伊吹和子记录，创作了《疯癫老人日记》等作品。谷崎死后，三岛由纪夫建议伊吹写写谷崎。有什么可写的呀？她知道的净是些日常茶饭事。三岛说：就写日常茶饭事呀，谷崎早晨起来说早上好，晚上盖被子睡觉，这就很有趣。三岛自决前一个月见到伊吹还说：赶快写谷崎呀，不要顾虑别人说什么，遗孀会不会讨厌。不写就来不及了。终于写出一大本，三岛已死去二十年。谷崎说过："我这个人的心，除了我一个人之外，没有人知道。"但伊吹和子还是要探究,更想为谷崎文学提供证言。写日常所见,只写出生活的真实,将由于作品和传说须仰视才见的作家还原为常人,食人间烟火,或许兄弟阋于墙之类的事情也不难解释。

净写些天气、吃什么,怎么能写成文学呢?

先在于语言。女作家小川洋子说:"百合子写的那些词语暂且放下所背负的词典意味,在日记中悠然行动,犹如恢复了被赋予意义以前的原始姿态。"记日记应当是一气呵成,但正如某西方人所言:要把日记提供给读者的好奇心之际,没有作者不被诱惑所驱使,重编过去的文本。百合子的语言平白如话,看似我手写我口,却是从连载到出版单行本反复进行了推敲。

再就是描述。百合子的感受常超出常规,甚至像有点犯傻,但奇思妙想总能一语道破事物的核心或本质。中村真一郎说得好:"喝醉或没喝醉时,她冷不防批评我的人格或性格,天真似的、不客气似的意见片断总是出乎我意外,成为我发现自己的契机,正因为那表达很奇特,每当想起她的话,就反复推测、解释、妄想,仿佛徘徊在迷途中,总是带给我与人生和解的温暖结果。"

近代以来日本戴上了西方的眼镜，文学唯小说为尊，战败后又特别推崇长篇。日记、随笔、小说，好似上楼梯，是出版的取向。村松友视说他读了《富士日记》，立马认定百合子写小说更不得了。和小说家色川武大二人组成"敦促百合子写小说会"，虽然是聚饮的由头，却也是喝必言之，百合子顾左右而言他，并不高看小说一眼。色川道："百合子写小说的话，会写出以前日本女作家没写的、完全不同的东西。终于没写就死了，遗憾呀。写的都是随笔，不过，都是了不起的东西。"其实，百合子倘若用小说的心情写，不就是小说么？例如这一段，已然是一个超短篇：

"在有乐町的高架桥下买了糖炒栗子。一袋一千五百元，掏出五千元。六十来岁卖栗子的大叔中断和五十多岁大妈站着聊天，一千五百元之外，说多给点儿，往红色小袋里抓了一把，和找头一起给了我。我说只找了三千元，他说给了三千五百元。我说没给，被中断了聊天的大妈插言：确实给你了，我看得很清楚。我说：就是没给嘛。大妈松开脖子上缠着的轻柔淡紫色布，喘了一口气，浓妆的脸上皱纹如刻，黑黑的凹眼闪着小亮点，充满了力量，抓起默不作声的大叔右手,辩护:我吧,亲眼看见了,这位老板的手指,这个指头,和这个指头,和这个指头,这么动,确实拿出了一千元钞票三张和五百元硬币。她在和卖栗子的大叔谈恋爱。回到家,五百元硬币在手提包底下。"

年将不惑开始写日记,天然去雕饰的不仅是语言,还有一颗长久被封存的文学少女之心。实际生活中百合子也像个少女,但不是森茉莉作家那样好似与生活作对的少女。她爱喝啤酒,但因为开车,喝一两杯就必得忍住,老友埴谷雄高深表同情,带她去喝酒,任由她喝。某日夜半武田泰淳一觉醒来不见百合子,叫醒女儿四处打电话。埴谷首当其冲,弱弱地回话:送到家门口了呀。女儿到房间里一看,妈妈蒙头大睡呢。夫妻互相关爱,也互相惹气。字里行间也看出百合子脾气火暴。开车下山,迎面而来的自卫队卡车越过中线行驶,百合子伸出头大喊:八格牙路。旁边的武田说,不要骂人家八格。百合子大怒,争辩后猛踩油门闯红灯。到了加油站,述说一番让大叔评理。大叔嗫嚅地说夫人厉害。武田沉默不语。日记里若无其事地补上一句,好似补刀:大叔又小声说,先生真了不起。她还有点马大哈。旅游时武田泰淳让她拍风景,啪啪啪拍了半天，发现忘了装胶卷，回去装好了悄悄再出来重拍。

传闻当今首相的别墅也在富士山北麓。武田家盖别墅的年代，日本经济大发展，各地竞相开发旅游地、别墅地，百合子听加油站的大叔讲，这一带本来是国有山林，战败后国家把土地给了村里，善于钻营的人发财了，很多人腰缠一亿日元以上。看来无论什么时代，发财都要靠国家。百合子雇工修石墙，记道："女人们早晨来了干活之前，从手腕上摘下表，小心翼翼地挂在松枝上。眺望几块女人用的豪华金表闪闪发光，就好像羽衣传说。"她们午休时在草丛中大声谈论商店里甩卖钻石戒指了，还要买。她们不是土豪也差不多吧。也有这样的人家："天热，街上少行人。好像这一带干体力劳动的人家睡午觉。走进胡同，屋子大敞四开，昏暗的里头老太太像布一样躺在榻榻米上，睡着三几个孩子，老爷子闭眼靠在衣橱上。"不评说，不感慨，一切都是日常事。十余年间日记写到高速公路开通、阿波罗登月、世界博览会等时事，但只是背景、远景，陪衬生活。

1969年武田泰淳和竹内好相约旅游俄罗斯，百合子也要去，武田泰淳提出条件："带你去，你可要记日记。"从横滨的大栈桥港口上船，前往哈巴罗夫斯克，然后乘西伯利亚铁路，百合子觉得自己平日只是吃干饭，于是一路上笔不停记。这个游记1978年发表在杂志《海》上，单行本畅销，叫《狗看星星》。

为何起了这么个书名？百合子写道："早早就没有了车水马龙的晚上，被收拾得异常宽阔的道路正当中蹲着一只狗，不知是野狗，还是一时被放开的家犬，跟那只听留声机的狗一模一样，歪着头，奇怪地仰望星空，一动不动。"这趟苏联及北欧之旅"正是狗看星星之旅，很快活"。村松友视问过她，题目的来由真是如此吗？她说了实话：那是在黄金街的酒吧上厕所，门锁不上，只好用嘴叼着手提包，一只手按住门，从墙板的缝隙能看见星星。新宿那里有一条胡同叫"黄金街"，以前是文人（作家、编辑）喝酒聊天的酒吧街，狭小而破旧，坐下来人挨人，前面柜台后面墙，里头的人要出去，需要全体起立先出去，如今变成了招徕外国游客的景点。旧貌依然，可能还会有狗看星星的破门，也不妨想象谷崎润一郎礼赞的阴翳之美。

日本1945年战败，1964年洞开国门，可以去世界看看了。百合子们得风气之先，或许她的日记也有些田野历史学的价值。大海的一滴水能分析出大海的成分，何况记的是名人，例如竹内好。来到北欧，竹内说这里是黄色杂志的王国，在哥本哈根找来找去，终于找到了一家半地下室的黄色杂志专卖店。和武田泰淳两人进去好半天才出来，竹内抱着几册大开本杂志，笑眯眯连呼买到了，买到了。又去别的店买了最新的黄色杂志，但百合子看了觉得和丈夫以前旅行时买的十来册黄色杂志差不多。竹内犯起愁来：会被羽田机场的海关没收呀。想出三四种蒙混过关的法子。第二天竹内上街又买了几个烟斗和一本学术杂志，印着中国过去的性风俗图画，幼稚但有趣，他很是喜欢。对百合子说：你们的房间亮堂，我把杂志拍照，带胶卷回国，杂志就假装遗落在这里，丢在我房间不好意思。听说杂志花十五美元买的，百合子大声说，放在我的提箱里带回去。

"海鸥用猫一样的声音清晰地鸣叫，可能是饿了。"用早餐时竹内又说把杂志丢掉，百合子说已经装箱了，出了羽田机场还给你。搭乘日本航空的飞机，"穿和服的空姐和穿制服的空姐脸上挂着再这样下去脸就会走形的笑容迎接每一个客人"。"和皇妃殿下的淡笑同样,让人觉得是冷冷的可怜之物。"飞机在美国安克雷奇机场停留一小时,卖店便热闹起来。"也有日本女性售货员,到了出发时间,日本旅游团的男人们返回时,她们娇滴滴欢送,但不见身影就一下子闭上嘴。拖动椅子时弄出声响,或者托腮,或者架起腿重新涂抹浓妆的口红。好像腻烦死了。"读来令人忍俊不禁,如果把乘客和售货员换作中国人,就是当今世界的景象吧。

对于男人来说,也许记性好的女人和记日记的女人最可怕。武田泰淳劝妻子写日记,想来是深知百合子的才气。不过,假如百合子先于丈夫去世,她的日记永无问世之日也说不定。1993年武田百合子去世,享年六十七岁,结束了十六年作家生涯。年头不算短,夏目漱石只创作十年。她还出版有《语言的食桌》《游览日记》《日日杂记》,共五部作品,产量不算高。女儿武田花是摄影家,专门拍野猫,她谨遵遗嘱,把母亲的日记、原稿、笔记统统烧掉了。这样的女儿很值得钦佩,不像有些人,找各种借口不遵守死者的遗愿。例如司马辽太郎一再拒绝二次利用他的小说代表作《坂上的云》，以免被误解为礼赞战争，但死后遗孀出卖版权影像化。如果死人仍然有人权的话，这不就是最大的侵犯么？也可能因为有了作家意识，更留意随笔这一体裁，百合子最后的作品《日日杂记》（1992年）完成度最高。那些日日是严选的，想来她不会愿意死后被人把自己特地淘汰的东西翻出来研究或八卦，即便对日本文学是一个损失。

百合子要打起精神时就涂抹口红，"写字时也先抹口红"。抹了口红后写道："报载，女人杀了男人。他夜里回家晚呀，晃晃荡荡呀，简直没办法，所以杀了他。杀了之后清楚了，这个男人是绝世大盗，警察一直在大力缉拿。因为是小偷，回家晚是当然的，白天晃晃荡荡也是当然的。拼命偷来的很多钱财好像都交给了女人。这个男人真够可怜的。"

米兰雾

"有女流文学奖这么个奖项,几年前我担任评委之一。通常从近年来显露头角的女作家当中选当年的最优秀作品,但是有一年,一个从来不知道的人的作品里有一种东西,犹如没见过的山色突然从浓雾中清爽地显露。两三个我信任的编辑用兴奋的语调推荐,我也一读就被吸引了。被那种魅力打动,好像是一位知识不寻常的人,这些知识裹着清清爽爽的感性显露出来。"

大庭美奈子(本名用汉字"美奈子",笔名把"美奈"二字写成假名)当过女流文学奖评委,日后为《米兰雾景》写下这番话。这是一本随笔集,作者须贺敦子,出版于1990年12月,翌年并获女流文学奖、讲谈社随笔奖。

须贺敦子生于1929年,家境富裕,从小上教会学校,毕业于圣心女子大学英语科。由于多年的寄宿生活,她"返回和家人的日常,就好似进入黑云里,沉重得喘不过气来"。回家远不如在图书馆里读书,一辈子跟书打交道才好。父亲要按照自己的想法培养这个长女,而她喜好文学,无论如何也想用自己的手开辟自己的路。不顾父母反对,又去读庆应大学的研究生院,但是对社会学不感兴趣,一年后退学,赴法国留学两年。就女性来说,在战败不多久的日本社会她很有点另类。不过,在巴黎过圣诞,也曾想"自己跑到这么远究竟来干吗"。二十九岁再度留学,这回是罗马。

须贺第二本随笔集叫《科尔西亚书店的伙伴们》,书店在米兰。她说过埃马纽埃尔·穆尼耶的思想"在天主教学生当中像热病一样扩散";穆尼耶是法国思想家,倡导以天主教信仰为基础的革命共同体,1950年代在法国颇有影响。科尔西亚书店的活动是这种思想的意大利版。第二次世界大战结束后,在米兰的科尔西亚大街,两位参加过抵抗法西斯运动的天主教神父借用教会的仓房办起了科尔西亚书店,得到资本家、贵族夫人以及作家、教师等后援。不单卖书,而且做出版,搞沙龙,是天主教左派的据点。媒体命名的天主教左派是1930年代兴起的"新神学",志在拆除圣与俗之间的壁垒。须贺从朋友那里得知科尔西亚书店,憧憬那种不是修道院的生活共同体,也是她远赴意大利留学的目的之一。1960年须贺从罗马移居米兰,到科尔西亚书店工作。不久和负责书店经营的朱塞佩·里克(爱称佩皮诺)订婚,父母大加反对,但她从小"把反抗父亲当作自己的存在理由",当然不屈从。她说:"住在米兰过了差不多两年,生命的能量大半燃烧在这个叫科尔西亚书店的共同体周边了,它具有其本身的历史与思想,不断向沉重的目标反复摸索。"中国"文化大革命"影响所及,书店成为过激学生大辩论的场所,终于被教会赶走,并禁止用这个店名。须贺写道:"围绕科尔西亚书店,我们动不动把它当作自己寻求的世界,描绘了种种理想。""由于渐渐失去年轻之日描绘的科尔西亚书店,我们好像一点点知道了孤独不是曾让我们害怕的荒野。"从教会学校到科尔西亚书店,须贺有一种来自基督教信仰与思想的共同体志向。回国后从1971年秋到1975年年底参加基于天主教理念的社会奉献活动"以马忤斯运动",大家住在一起,回收废品,其乐融融。

须贺十八岁受洗。有天主教作家之称的远藤周作说:"日本人当基督徒,好像穿上肥肥大大的西方服装,穿着很难受,把它改得合身是自己一辈子的课题。"大概须贺没有那么多的思考与苦恼,近乎天然地投入天主教,笔下很少记述天主教左派共同体的信仰和思想。她观察力极为敏锐,更乐于把小故事和八卦连缀起来,写活一个个人物。从不倒向抽象的思索,其随笔富有故事性,与小说只一步之遥。给读者认识一个人,知道一个地方,了解一本书,最后读者像拼图一样自己在头脑里合成一个意大利,当然总是有须贺的身影。

丈夫佩皮诺牵线,出版社约须贺和佩皮诺翻译谷崎润一郎的作品。她的译作获得高度评价。一个人能用另一种语言写作,却未必能翻译好,因为写作可以躲闪腾挪地使用另一种语言,条条大路通罗马,甚至变动自己的思想以凑合贫瘠的语言,而翻译如同戴着枷锁跳舞,唯忠实一途,被考验的是另一种语言,正如把另一种语言翻译成母语,归根结底凭母语取胜。

1971年须贺回国,四十二岁,前后侨居欧洲十六年。据说已丧失日本人那种口是心非的国民性，养成意大利习惯。六十多岁在日本开飞车，多次被警察逮住。在大学执教，并翻译意大利文学。意大利奥利维蒂公司的日本公司有一个半年刊宣传刊物 SPAZIO，介绍意大利文化，编辑怂恿须贺写。从1977年写《意大利诗人》，连载了五回，转而翻译《家庭絮语》，连载到1984年。这部意大利女作家娜塔丽亚·金兹伯格的自传性小说出版于1963年，佩皮诺下班带回家，须贺立刻读得入迷，丈夫说"我觉得这是你的书"。1978年须贺去罗马见到娜塔丽亚，征得翻译的允诺，后来每次去罗马都造访，直至娜塔丽亚1991年去世。须贺多次写到《家庭絮语》，说它"无限地接近口语，一看像无视文体，运笔却精妙得天衣无缝"；"把自己的语言炼成文体好像没什么了不起，连这个作品的主题也可以这么说，但是不摆出小说的架子，把无名之家的一个个人物加以虚构，读了，啊，这正是自己想写的小说"。译作连载完，编辑说你写写自己的事吧，她说那好吧。简直像运动员就等着一声枪响，但她没有写小说，写的是随笔。栏目叫"另眼看意大利"，自1985年1月，时年五十六岁，在 SPAZIO 上连载四年多，结集为《米兰雾景》出版。包括新作，内收十二篇随笔，除了三篇比较像小说，其余为书话。

从未像文学青年那样天天闷头写习作，出手不凡，以致有人说，须贺敦子几乎一登场就是大家。时当"太阳的季节"（1955年石原慎太郎的小说《太阳的季节》获得芥川奖，当时其内容可谓惊世骇俗），她离开了开始无节制地大众化、消费化的日本，得以保持了日语的纯洁，进而用欧洲所熏陶的教养加以洗练。《米兰雾景》的开篇写道："东京的冬天干燥，一年里不知有没有一次，确实很少见起雾。夜晚做完工作来到外面时蒙上了雾，便想：啊，知道这气味。要是问我，生活十年多的米兰风物里最怀念什么，我大概当即回答'雾'。"这段话为她的写作定下基调。六十岁那年就任上智大学比较文化学教授，并非做比较研究，而是用英语教外国学生日本文学。当她用日语为日本读者写意大利的时候，自觉不自觉都会以日本为底色或进行参照比较。甚至翻译时，心中的比较也可能流露笔端。

1968年川端康成去瑞典领取诺贝尔文学奖，归途经意大利，须贺翻译过他的《山音》，被邀来聚餐。偶然提及丈夫一年前病故，须贺诉了一番苦，"于是，川端先生用那双大眼睛瞪了我一下,马上掉转了视线,好似冲周围的森林这样说:那就是小说,小说从那儿开始。"对于大作家的独语,须贺只觉得匪夷所思,并未就此写小说。五十多岁之前,除了论文和布教文字,没写过属于她自己的文章。作家常常被追问为什么写,逼得他们说大话,恐怕起初都无非为写而写。须贺从小就想写,真正写作却是迟开的花朵,但她本身像一树花,作家这一朵开得晚,翻译之花早就蔚为大观。若非早逝,也许写小说。作家池泽夏树说:"只因为她对实在的人抱有太强烈的关爱,从中编不出架空的人物。小说家都不讲人情,有情就不能把现实的人塞进谎言的铸型里。须贺不具备这种厚颜无耻。"所写基本是回忆。回忆总是热乎乎,对当年难以忍受的苦难也有了感情,有了些至理名言。"听说米兰有雾的日子少了,但记忆中的米兰如今也静静流动那种雾。"书中流动着米兰的雾,不曾使景物模糊,反而让人更清晰地认识1960年代的米兰,以及意大利,但那些记忆毕竟是作家戴上1980年代的眼镜重新审视的。读者往往以为回忆都千真万确。须贺说:"重复到绝望地反复打磨记忆的原石,做出灿灿发光的东西。"这就不能以真实与否论成败，只是她没有小说家原本就打算编造谎言的心思罢了。

须贺身边的人多早逝。结婚五年多，丈夫猝然病故，享年四十一岁；父母都死于六十多岁。须贺二十二岁时参加天主教学生联盟学习会结识有吉佐和子，终生为友，有吉五十三岁就死了，她1965年在中国调查过天主教状况。须贺本人于1998年病逝，享年六十九岁。写作生涯十来年，生前出版了五本随笔集，死后又出版三本。葬礼上致悼词的池泽夏树以个人的名义编辑了一套《日本文学全集》，从古到今，总共三十卷。川端康成、安部公房、井上厦、村上春树等作家挤在两卷《近现代作家集》里，须贺敦子居然独立为一卷。或许这不是作品取舍的问题，而是文学发展史上的颠覆性事件，颠覆了日本自近代导入西方文学观念以来唯小说为大的模式与心态。日本自古有随笔传统，尽管两位小说家先后荣获诺贝尔文学奖，但只有恢复了随笔的地位，才可能找回民族的自我。

父与女

说森茉莉就得从森鸥外说起,因为这位日本女作家所作,散文也好,小说也好,似乎明里暗里总在写老爸森鸥外以及父女情长。

森鸥外和夏目漱石都被称作文豪,但今天的读者更爱读"轻小说之王"夏目漱石。漱石是东京人,出生在天皇复辟前一年(1867年),父亲是村长,他是老儿子,但没有幸福的童年。那时候没有分家之说,家业全部由长子继承,其余的孩子都只有出外谋生。漱石一辈子反官僚,反抗国家。森鸥外比夏目漱石早生晚死,多活了十年。森鸥外是长子,乃父在藩里当医生,毕其一生是体制内的道德批判者。他们与自然主义文学划清界限,好像是同盟,在日本近代文学史上交辉,却从未谋面,彼此如何看对方是一个有趣的文学猜想。

森鸥外在思想上文学上不结党,这或许是森茉莉被人们认为孤独的"家庭背景"或"祖传"。

森鸥外有四个孩子,长子於菟是前妻生的,长女茉莉、次女杏奴、末子类是后妻所生。还有个儿子夭折,叫不律。名字都很怪。茉莉,这个名字让我们中国人觉得很亲切,其实在日语里是谐音和欧美女人的名字"玛丽",这种起名法是森鸥外的发明。森茉莉小说中的人名很受老爸的影响,充满奶油味,例如:巴罗(パウロ)、义堂(ギドウ)、荔於(レオ)、半朱(ハンス),用的是汉字,但听来是欧洲人名。在《甜蜜的房间》里只靠感觉活的主人公藻罗,只是在开头用了一次汉字,后来通篇用假名モイラ,自有用意,可惜我们的译文不好表现。

从森鸥外到永井荷风、谷崎润一郎、三岛由纪夫,日本文学之美的一大特色是汉文的利用。女儿茉莉生头一胎,森鸥外在奈良,给外孙子起名,叫爵。而且用的是异体字,《康熙字典》上都没有,好像是他自己造的。估计别人会非难,鸥外接连给女婿写信解释起名的历史,为什么用异体字。依据是某书法家的名字用异体字,某大官的名字用异体字,朝鲜国王的名字代代用异体字。《康熙字典》上的古字太难写，而我们现在用的那个爵字，头上是爪，被改为木、四、艮、寸，说孩子也容易写，能写"類"（鸥外次子的名字）就能写这个爵。日本在汉字上至今也不强求大一统。过去有德富苏峰和德富芦花哥俩儿，但富字头上一个有点儿，一个没点儿，以示绝交。

日语的"浪漫"一词是夏目漱石创造的，森鸥外创造了"情报""飞行机"。要说给孩子起名，漱石不浪漫。次子生在申年，属猴，排行老六，就起名申六，周围的人说太随便了，于是加上人字旁，叫夏目伸六。父亲是作家，遗属就得写写他，乃至被当作文学研究的幸事。随笔家夏目伸六几乎只是写夏目漱石。他大哥拉小提琴，也想写，但没有文才，大家反对他写。儿子不拉小提琴，画漫画，也是漫画评论家，写过《漱石的孙子》《孙子读的漱石》。从爷爷的文学到孙子的漫画，仿佛象征了日本文化的一个历史进程。

森鸥外是幸福的，四个孩子都写书回忆父亲。除了茉莉的《父亲的帽子》，还有妹妹杏奴的《晚年的父亲》，大哥於菟的《父亲森鸥外》，弟弟类的《鸥外的孩子们》等，比较他们所写，或许可以把森鸥外看得全面些,也可以更真实地看出茉莉和父亲的关系,说不定不像她写的那么甜蜜。回忆总会有想象的成分,更何况她有一支生花的妙笔。实际上茉莉是最后一个写作的,才气横溢,把别人都遮掩了。

森茉莉(1903—1987)是森鸥外和第二任妻子茂子所生。鸥外离异多年,再婚时四十岁,而茂子二十一岁。鸥外说她长得像艺术品。茂子也是个才女,丈夫鼓动她写小说。据说稿子被鸥外改得一片红,也不誊清就交给编辑,有人说露怯,但说不定是一个小聪明,借以威慑编辑。

茉莉五岁的时候得百日咳,眼看她痛苦,祖母建议给她安乐死,鸥外同意,被外祖父发现,才没有得手。长女是父亲的掌上明珠,娇生惯养,但鸥外是军医,并不常在家。茉莉十六岁嫁人。丈夫赴法国留学,一年后她也去陪读。跟丈夫旅游伦敦时得知森鸥外去世,一年后回国。她最爱的、也是最爱她的父亲去世时她不在身边。鸥外说:茉莉在欧罗巴是人生中最快乐的时光,不要告诉她我病重,不要打电报说我病危,死了也不要告诉她。但母亲告诉了在柏林的於菟,这位大哥转告妹妹,父亲的痛苦愿望像花瓶一样破碎。

茉莉写道:"我得知父亲去世时所在的伦敦酒店,墙壁、床上的被褥都是白的,我在那白色的房间里,在自己的悲哀之上还抱着想象父亲的心的痛苦,像又一个悲哀。三天三夜不眠地哭泣。"大概这种追悔的哀痛是她日后抒写父亲的原点。

茉莉生了两个儿子,爵和亨。离婚以后做一些法国文学的翻译。二十七岁时和东北帝国大学教授结婚,移居仙台。那里没有银座,没有三越百货公司,也没有戏看,不到一年又离婚。弟弟森类说:"她并不是忘了两度失败婚姻的痛苦,而是另有一个脑袋,不忘,却能够快乐。"从这时开始写剧评和随笔。战争时期寄身在娘家。自三十八岁独居。五十四岁(1957年),随笔集《父亲的帽子》获得日本随笔家俱乐部奖。后来写小说。并非全力以赴地写,小说《甜蜜的房间》从六十二岁写到七十二岁,在月刊杂志上连载十年,被三岛由纪夫誉为匹敌川端康成《睡美人》的"性感杰作"。三岛本来就敬仰森鸥外,甚至模仿过。三岛这个人看上去一脸严肃,却也会照顾人。他夫人给大家分菜,分给了茉莉之后正要转到下一个人,三岛急忙指夫人手里的大盘子说:森没有那个红的哟。茉莉的文体很唯美,可能也受了永井荷风的影响。荷风比三岛更崇拜森鸥外,有一次鸥外见到荷风,说:我女儿也是你的粉丝呀。另一位对森茉莉影响大的人是抒情诗人、小说家室生犀星,她说"父亲死后犀星成为我师,代替父亲深深活在我心中"。

人们喜欢拿森茉莉小说的主人公跟她对号,以为那就是现实的她,这未免可笑。茉莉有恋父情结,她心目中的父亲形象恐怕是真假参半。《父亲的帽子》里写道:"我从小在旁边看着父亲,在我看来,父亲对学问和艺术抱有美好的热情,犹如登上了峰巅。"还写过:"对于我来说,父亲就是恋人。对于我来说,父亲不是恋人以外的什么人。""是第一个恋人,只有第一个,没有下一个。"森鸥外是她这个女儿看男人的框框,爱谁就说谁像她父亲,不喜欢的男人就因为他不像父亲。当然,总是以自己为中心,以父亲对她的溺爱为基准。若不是像父亲那样犹如广大而深邃的森林成千上万的细小叶片拂动般轻柔地包揽她,就不是恋人。想来森茉莉的恋父情结也没有什么特别之处,不过是她写了出来而且写得好罢了。

茉莉很自恋,有一种少女情结。这也不难理解,不就像大妈们自称女孩子吗？她被贴了很多标签，如"文豪森鸥外的最高杰作""永远的少女""穿凉鞋的耽美恶魔主义者"，等等。她本人喜欢"少女"的标签，在《奢华的贫乏》中写道："肯定是半老徐娘，但内心是少女，是十三四岁的心境。"日本人有少女癖，表现为舞伎、少女小说、少女漫画、竹久梦二、AKB48、拐杀幼女……"少女"这个词是英语的译词，出现于日本打败大清的1890年代，由此产生了少女概念。此前女性只有肉体上可用与不可用之分。杂志创刊《少年世界》，与"少年"相对，1902年第一个面向少女的杂志《少女界》创刊。少女杂志是形成少女文化的一大阵地。1928年北泽乐天开始连载日本第一个少女漫画，这位日本近代漫画的鼻祖影响了少年手冢治虫。现在写少女小说的大多是女作家，但明治到大正年间几乎都是男作家写少女，如川端康成。画插图的也都是男画家，如竹久梦二。1916年吉屋信子创作《花物语》大得人气，可算是少女小说的第一个女作家，这个连载受欢迎也由于男画家中原淳一的插图。少女文化本来是男人创造的，按他们的理想塑造现实的女性。

　　森茉莉最为人乐道的是不会生活。她从未穷困潦倒,至于不善自理,是娇生惯养的后果,并非她特殊。孤独是一种生活方式。她写道:"我自己觉得自己没有常识,和大家住在同样的世上毕竟要依从常识做。"她死在住处,两天后保姆过来才发现。谁都觉得很可怜,然而这正是她所希望的死法。她对朋友说过:我死的时候谁都没发觉,信箱里塞满了觉得奇怪,我已经死了。这是何等的达观。她活的是自己,死的也是自己,别人的哀伤或议论都与她无关。认为人家的生活方式可怜甚至可悲是一种自以为是或者自作多情。

森茉莉并不生活在小说所营造的世界里,虽然不会生活,却并非脱离社会和现实。从七十六岁到八十二岁(1979—1985)给《周刊新潮》写专栏,大小姐式的无所顾忌,富贵出身的华丽语言,非凡的洞察,批评电视节目和艺人自有非同一般的辛辣,独具特色。她讨厌山口百惠的笑,写道:"山口百惠露出一口白牙的笑,让我看来很有点粗俗。"有个女演员叫树木希林,演技派,茉莉用谐音把人家叫"喜喜喜喜",又写作"奇鬼绮喜"(用作人名,"林"也读若喜)。

森茉莉的三部小说《恋人们的森林》《周日我不去》《枯叶睡铺》以男同性恋为题材,被当作所谓"耽美小说"的滥觞,好像中国读者关注的眼光尤为热辣,恐怕是受了些当下日本坊间流行的耽美小说的影响。拿作家的女儿来说,幸田露伴的次女幸田文、太宰治的次女津岛佑子都要比森鸥外的长女森茉莉有名。日本的国民词典《广辞苑》里没有"森茉莉"的词条,居然有森敦,不就得过一个芥川奖嘛。当年弃浮世绘如敝屣,欧洲人捡起来惊艳,日本人这才当作了宝贝。听说电影导演小津安二郎也是欧美叫好了,他的同胞才把他当大师。渡边淳一被我们捧为情色大师,把AV女优也叫作老师,但可恶的是不管中国人怎么捧,日本人从来不介意,照样读他们的。

我爸是太宰治

诺贝尔奖当中似乎文学奖最动一般人的心,莫不是因为作家得了奖,谁都能买本书来读。例如村上春树,一连十几年在英国博彩榜单上名列前茅,我国媒体也年年关注。可该奖的评选保密五十年,真否入过围,难以知晓。不过,候选人由专家、作家、评论家之类的有识之士推荐,是墙就会透风,迄今尚无传闻谁推荐过村上。倒是女作家津岛佑子,2016年2月18日病故,柄谷行人追悼,说:"日本没有人知道,她是诺贝尔文学奖的有力候选人。"柄谷是著名文艺评论家,或许就是他曾推荐过。他向来不看好村上文学,说不定说这话也有意打击一下村粉们年复一年的闹腾吧。

津岛佑子的名字听来有一点陌生,假如她说"我爸是太宰治",或许好多人就会做恍然状,甚至认为她得诺奖也不足为奇。佑子生于1947年3月30日，一岁多，父亲在离家不远的河渠里跟别的女人绑在一块儿情死（1948年6月13日）。

佑子本名叫里子，姐姐叫园子，她们是太宰治和第二任夫人津岛美知子所生，据说名字取自太宰治喜爱的歌舞伎。太宰治原名津岛修治。情人太田静子也给他生了一个女儿，叫治子，比佑子小半岁。另一位情人山崎富荣不高兴，太宰安慰说，咱名字里还有一个修字，以后给你生的孩子起名。可惜，富荣陪他投了河，这个字终于没用上。

太田治子写过小说，发表后几无反响。她"谈父亲太宰治及其爱、家庭"，津岛佑子也写到父亲："我总希望谁也不要问父亲。如果说没有父亲，人家就会问为什么。答说死于事故，又要问什么事故。那就不好回答了。'自杀'是怎么也说不出口的，这话现在也不想说。况且和别的女人一起死了，这是怎么也不想被人知道的秘密。"太宰治死去三十年，和他生活九年的美知子写了一本《回想太宰治》，只字未提他的死。家里有书，所以佑子很早就知道父亲是小说家，也很早就开始读他的作品。她说："我根本不知道父亲，作为孩子拼命读,想知道他是什么样的人。有一种我应该最理解他的心情。"她小学四年级时得知父亲死亡的真相。上中学时学校旅游第一次看见父亲的文学碑(日本人喜欢在与作家诗人有关的地方摆一块石头刻上他的名言,叫作文学碑)。佑子的写作动机之一就是"把纠缠自己的秘密变成不属于任何人的东西"。

从初中、高中到大学,佑子读的是天主教学校,三十六岁时和母亲一同受洗。1969年考入明治大学研究生院,专攻英文学,但赶上学生运动,几乎不上学,两年后被开除。村上春树1968年考入早稻田大学,佑子也像他那样不参加运动,出国旅游去。后年佑子关心起政治,过问社会问题,1991年和柄谷行人、中上健次等一道发表"文学家反对海湾战争的声明"。村上春树长久被视为脱离现实,迎合资本主义的正义和消费社会的舆论。大江健三郎在《从战后文学到今日的困境》一文中批评:"村上文学的特质在于他有意对社会,甚至对个人生活最切身的环境,不采取能动性姿态,而且不抵抗风俗环境的影响,被动地接受,并且是一边听着背景音乐,一边完整地编织自己内心的梦想世界。"

津岛佑子上大学时开始写作,二十岁出头便得到文坛认可,显然比治子更多地继承了父亲的文才。参加文学小圈子,结识同代人中上健次。柄谷行人推举中上,因中上而认识津岛佑子。她三次入围芥川奖,最终没得到,这跟乃父一样,也跟村上春树一样。柄谷阵营的文艺评论家村川凑说:"可能应该说,我关注中上健次或津岛佑子写的东西,另外也考虑村上春树和村上龙。对于我来说,中上健次和津岛佑子是'文学'本身,而村上春树和村上龙正在成为'文学',似乎也可以叫'发展中'的运动体。"至于村上们何时能够从"发展中国家"晋升为"发达国家",他没有再评论。

1978年出版长篇小说《宠儿》,这时三十一岁,离婚,抚养一个先天有病的孩子,写作便具有现实意义——养家糊口。写的是一个中年女性,离婚,带一个孩子。今后还怎么恋爱、妊娠?小说主题是女人的性欲。获得女性文学奖,一时间由作家变成"离婚评论家"。这部作品被收入《筑摩现代文学大系》。佑子很早就走向世界,英语圈1982年翻译了《宠儿》,1985年以后时常被法国翻译。大概在描写智障人的方法上借鉴了福克纳的小说《喧哗与骚动》。美国1930年流行福克纳，日本普遍接受他是1950年以后，佑子赶上模仿福克纳风潮的末尾，所受影响是片段的，却是本质的。

　　和太宰治一样，佑子也基本写自己的人生经历，置于创作中心的是家庭、血统之类问题。这正是日本的私小说传统。有自传性要素也未必全都是事实，但读者喜欢当真。《宠儿》中的"白痴"哥哥是佑子现实生活中的哥哥，患有唐氏综合征，在佑子十三岁时病故。1967年二十岁的佑子在同人杂志上发表《一个诞生》，这个短篇小说是她的出道之作。写一个父亲，抱着智障的儿子，害怕又将出生的孩子也同样："儿子一岁也不会走，第二年总算能爬了，现在还包着尿布。动不动发烧。大家说变成这样也是我的缘故，我的责任。不明白大家为什么要这么说。"父亲反复对六岁的长女说："爸爸不能活了"，"不生就好了"。

　　这个"白痴"哥哥就是太宰治的独生子，叫正树。太宰治在小说《维荣的妻子》（1947年）中这样写："儿子来年就四岁，不知是由于营养不足，还是丈夫的酒毒或病毒，好像比人家两岁的孩子还小，脚下都走不稳,说话也最多能咿咿呀呀,好像脑子不好使。我带这孩子去澡堂子,脱光抱起来,太小太丑太瘦,感到一阵悲凉,甚至当众痛哭了一场。"

太宰治悲哀之余畏惧,逃避,放弃做父亲的责任,发出有名的强辩:"大人比孩子要紧!"这不是文学语言,而是太宰治的真情实感,最终他真的放弃,一死了之。佑子不是父亲,不是母亲,只是智障儿的妹妹,在《宠儿》主人公高子的眼里,"白痴"哥哥是神圣的:"哥哥的感情里没有浑浊。对于自己来说愉快的事高兴,不快的事生气。但他为自己喜爱的人忍耐不快,体味到最深切的高兴。为什么呢?哥哥没有智慧,但是被爱情这种睿智笼罩。"佑子认为,"人的价值不只是头脑"。

大江健三郎1963年也生下一个智障儿子。对于小说家来说,简直就获得一种"特权"——特权性主题,特权性人物。转年写《个人的体验》。小说的前半,主人公沉溺于酒与女人,逃避现实,甚至想杀掉智障儿,如同太宰治的经历。不过,太宰治时代的医疗条件让他们夫妻只能徒叹奈何,《樱桃》(1948年)中写道:"这个长子的事,父亲和母亲都避免多说。因为白痴、哑巴……一个词儿说出口，二人互相认定，那就太悲惨了。母亲经常紧紧抱着这孩子。父亲多少次冲动地想抱他投河，一了百了。"美知子在《回想太宰治》中对长子的事也只字不提。

《个人的体验》后半，主人公悔悟，接受这个"在胎中挂彩的战士"。虽然周围也布满歧视，但大江未予深究，只顾及"个人的体验"。津岛佑子超越个人性体验，作为社会问题探究歧视这一主题。1990年大江健三郎又写了《平静的生活》，妹妹眼里的先天性智障哥哥。妹妹二十岁生日，家人聚餐时谈到她的婚姻，她说："我如果嫁人，也要和哥哥一起，所以，对方起码能买得起一套两个房间的公寓，在那里平静生活。"佑子在《猎狩的时代》里也写到十二岁的绘美子负责任地思考比她大三岁的"白痴"哥哥耕一郎："耕一郎长大成人，我该怎么办呢？绘美子必须考虑了。阿耕不能一个人活。生为正常孩子的绘美子将成为正常的大人，能找到工作。那样的话，成为大人的我可以扶养成为大人的阿耕。一点都不厌烦。妈妈那就一定会放心。比奇怪的人和我结婚好上几百倍。要是和阿耕成了夫妻，也许生孩子。哥哥和妹妹也可以生孩子吧。

无法想象阿耕当父亲什么的。像阿耕那样的人不可能当父亲吧。绘美子还找不到答案。"兄妹结婚是古老的神话，似乎佑子用少女的天真暗示人类的出路，那就是回归原初。

面对智障的人，太宰治是苦恼、逃脱，大江健三郎是无奈地共生，津岛佑子进而将普通的残障与纳粹的残暴行为联系起来，历史地追究歧视问题。1933年纳粹上台，自视德国人为优种，犹太等民族以及残障人为劣种，施加迫害及虐杀。德国曾派出"希特勒青年团"访日，绘美子的父辈也曾在山梨县的车站观看。德国美少年一个个像战败后日本漫画上画的，所到之处，日本人围观赞叹。这种对美的崇拜，不仅使日本人深感自卑，而且在本质上孕育了对残疾、羸弱、异常等所谓不美的歧视。

小说《宝库》是津岛文学的代表作，被柄谷行人评为"世界文学史上无与伦比般的作品"。书名借用维尔塔语。这个宝库在北海道，是一个维尔塔人1978年自力开办的北方少数民族资料馆。维尔塔（Uilta，又称Oroks）是北方民族，日本战败后从萨哈林岛（历史上中国称库页岛，日本称桦太）迁徙到北海道，人口比阿伊努还少。日本人常说单一民族，实际上也有些少数民族，以和为贵，有时更像是以大和民族为贵。创办人死后宝库又维持二十多年，2010年关闭，资料被北海道北方民族博物馆接收。宝库不复存在令津岛佑子悲愤。2011年3月发生东日本大地震，她满怀各种悲愤写下这部小说，集约了津岛文学的所有要素——另类、少数民族、宗教、性、暴力、故乡、爱。序章里写道："大约六个月前发生的大地震和海啸让住在东京的我先吃了一惊，对海啸和其后频发的余震惊恐不已。建设在福岛县海岸的核电站又接连爆炸，从那里发生的放射性物质云也笼罩东京。"战败后有战后文学，地震后有震后文学，但作家也需要深思熟虑，不可能立马做出文学反应，未免像有意回避。也有些作品只是拿灾难做背景，并不是主题。津岛佑子是对于灾难最快地做出反应的作家之一，不仅写了数个短篇，还写了这个长篇。她不认为灾害从天而降，把战败和受灾联系在一起，因为那是袭击生的悲剧，翻来覆去。太宰治说："真正的思想，比起睿智来更需要勇气。"作家未必是思想家，对世事的见识不见得多么高明，倒是更多地感情用事，才能写出感人的作品。

佑子从较为另类的角度审视人的存在和社会,现实与幻觉、过去与现在交织,超越时空,富有思想性、实验性。

《宝库》先在杂志上连载,随后出单行本,她抱病改完校样,未能见到书,以致被当作遗著。《猎狩的时代》才是她真正的绝笔,去世前一周发着高烧还在修改,终于未定稿,2016年由她的剧作家女儿付梓。佑子不像太宰治,死得那么不负责,倒有点像死前把稿子完整地交给编辑的三岛由纪夫。她对女儿说;故事都给你讲了,我要是来不及,你接着写。这就是战斗的作家,作家的战斗。柄谷行人评说:"她写私生子、孤儿、残障者、少数民族、动物似的边缘存在,对受虐待者抱有同感和深厚的爱。"津岛的文体,日本人读来远不如读村上春树轻松,粉丝数量不能与之同日而语。好在文学的用处是不让人们忘却,不让悲剧风化,不让人们只记得喜剧,想起来笑逐颜开。

津岛佑子享年六十八岁。日本是世界最长寿的国度,她的年龄应该反过来,至少活到八十六岁才是。她说过:"即使没有文学,人也能活,但人不活着,就不能产生文学。"

蓝划子

我侨居在浦安,这是千叶县的一个市。乘坐京叶线,电车驶出东京都辖下的葛西临海公园,下一站是舞滨,迪斯尼所在,就属于浦安市的地界了。

拿文学说事,第一个要说作家山本周五郎。他写了一个长篇小说,叫《蓝划子故事》,起首道:"浦粕镇是位于根户川最下游的渔镇,以贝、紫菜和钓场闻名。镇子并不大,但是有贝罐头厂、烧贝壳造石灰的工厂、从冬到春支起无数架子的紫菜晾晒场,还有很多为那些来钓鱼的人开的钓舟店和叫作狐媚窝的小馆子,呈现不同于其他镇子的特色。镇子孤零零:北边是田地,东边是海,西边是根户川,而南边是一片叫百万坪滩涂的广阔荒地,再往前也是海。"

这个"浦粕镇"就是浦安,"根户川"是利根川的支流江户川，流经东京都和千叶县之间注入东京湾，而"百万坪浅滩"充其量也就十万坪（一坪约三点三平方米）。小说发表于1960年，写他三十年前在浦安度过的一段青春时光。现在（2022年）重读山本文学的这部杰作，时间又过去六十多年。浦安紧挨着东京，但一百年前，这里是半渔半农的"陆上孤岛"，只能坐汽船进京。渔业最兴盛时浦安有一千八百户渔家，河面上船只挤挤插插。1958年造纸厂排放的废水污染了海域，养殖的贝类死灭八成多。愤怒的渔民们冲进造纸厂，警方甚至出动了两辆装甲车镇压。政府接连出台了保护环境的法律，但为时已晚，渔业无法恢复了。这时因战争中断的东京湾填海造地又重新启动。东京湾养殖紫菜始于东京都大森，扩大到浦安，1962年大森放弃渔业权，浦安1971年也完全放弃。一些渔民被东京都雇用，以清扫环境营生。浦安渔业变成了一个传说。从村、镇发展为市，浦安三分之二的土地都是从海里填出来的，地形宛如半岛。1969年开通地铁东西线，浦安的样貌日新月异，不仅形成东京都的卫星城，而且1983年建起迪斯尼乐园，米老鼠们在原先的"百万坪滩涂"上蹦蹦跳跳。据说有迪斯尼的稳定纳税,浦安是日本最富裕的城市之一。

小说家言,到哪里是真的,从哪里是假的,似不必计较,但既然住在了此地,纵然不认他乡作故乡,也想知道些它的过去,那就只有去浦安市乡土博物馆看图片和模型。博物馆院内复原了几栋房屋,仿佛昔日的小镇一角,还有一汪水,摆放了两只没有涂油漆的"划子"。山本周五郎写道:"划子是一个人坐的平底船,多用来采集贝类或紫菜。像细竹的叶子,造型轻快,虽然小,中央也有帆桁,能挂小三角帆。但扣在那里的,船身鼓胀变形,外侧涂了蓝油漆,其貌不扬。"这只涂了蓝油漆的划子是芳老爷子的,他在镇上最大的贝罐头厂看仓库。

《蓝划子故事》的会话有特色,那就是不写"我"的话,"我"说了什么,表现在对方的回应中。例如"我"初到浦粕,就遇上芳老爷子——

> 我递上烟,递上火柴。名叫芳的老人抽出一根烟叼在嘴上,挡着风熟练地点火,把烟和火柴盒揣进怀中。

"可是条好船,价钱也便宜,不买吗?"

我回答了,老人好像起初就预料到这个回答,毫无反应,把抽着的烟在地上摁灭,烟头夹到耳朵上,然后擤了一把鼻涕。

"你,"走了一会儿,老人用正常的声音说,"来俺们浦粕干什么?"

我想了想回答。

"唔,"老人摇头,接着用习以为常的大声嚷道,"俺不大明白,那你有工作吗?"

我回答后老人想了一下。

"就是失业啦。"老人嚷,"不想娶媳妇吗?"

我没说话。分开时老人只还给我火柴,而且突然耳背了,反问了两三遍我说了什么,以致我都觉得不好意思,好像自己是十足的吝啬鬼。

为什么来到浦安呢?当时山本周五郎二十五岁,住在东京的新桥,想看看《南总里见八犬传》(江户时代的通俗小说,曲亭马琴著)里写到的行德,于是从东京的高桥乘汽船,溯江户川而上,途中看见了浦安,竟好像水城威尼斯,便下船不走了。从1928年8月住到翌年9月,一年有余,而小说里住了三年多。1926年他应征的小说《须磨寺附近》登上《文艺春秋》杂志,但初出茅庐,尚不能以写作为生。浦安的日子是苦的:穷苦、苦闷、苦斗。也记了日记,死后被发表,题为《蓝划子日记》,记道:"今日去博文馆,我的原稿被退了。父亲受神经痛折磨。我失业四个月,越来越缺钱,必须卖掉藏书重新起步。而且,唯一的友人抛弃我,订婚的少女终于从我的手里飞走,唯一的后援者拒绝再为我出钱。现在留给我的只有一个'创作的欢愉'。我抱着最后的宝玉(而且等于自己的血液,死也不能放手的宝玉)迈向明天。"

据日记记录,在浦安搬了五次家。"我搬家了,是船宿的二楼,这回彻底孤独了,大概能静下心来工作吧。"民宿,这个叫法好像中国也照用了,而船宿不经营旅宿,它的生意是游船钓舟、钓具鱼饵以及餐饮。小说里"我"寄宿的船宿叫"千本",这家的三儿子长太郎是三年级小学生,小大人似的,对镇上的事情无所不知,满脸鄙夷地说:那条破船,我们叫它蓝划子。"我"终于被芳老爷子绕进去,花了"三个半"(作家没有写价钱的单位),外加"一百匁"(三百七十五克)

猪肉的高价买下蓝划子。

《蓝划子故事》类似19世纪法国作家都德的《磨坊信札》,用三十篇长短不一的小故事描写浦安的风土人情众生相。都德买了一座老磨坊,山本买了一只蓝划子,想到当地顽童们的轻蔑和嘲笑,也不禁郁闷。长太郎说它"破船",用的是浦安方言。"划子"(べか舟)不是浦安方言,大森就这么叫。小说有一章写"狐媚窝",这是浦安人对小馆子的称呼。渔夫们出海回来,都像是死里逃生,镇上有很多供他们对酒当歌的小馆子,叫"ごったくや",意思是被狐狸精诓骗的屋子。山本周五郎住在浦安时,那里大约有六千人,开通地铁时增加到二万,2022年浦安市人口十七万。大部分是外来人口,方言已消亡,只有1955年以前出生在老街区的人相聚还说说浦安话。侨居浦安二十多年,逛鱼市场听见过店家故意用方言叫卖,但由于建筑老化,店铺没有人接班,2019年鱼市场关闭了。

小说用方言添加风土色彩,增强真实感,但《蓝划子故事》算不算小说,评论界发生过争论,作家本人起初也把它当作小品集,让编辑登在随笔栏。离开浦安五年后,山本以浦安人物为素材写了几篇小说,八年后重访旧地，遇见"再黑的夜里也能看出他脸黑"的留君，不由得担心挨揍，却不料他对号入座，道谢写了他，还要把这个作品当传家宝。三十年后《蓝划子故事》在《文艺春秋》杂志上连载一年，山本叫它"浦粕笔记"，然后又去了浦安，犹顾虑登场人物还健在，说不定有人读了，误以为把别人的事写到了自己头上，正等着找他算账。浦安人确实当真了。小说中写道："不过，这种脸孔不限于芳老爷子，这片土地的一些人共有。他们养成了习惯，'巧取豪夺'那些每到季节而来的游客——钓鱼的、赶海的、海水浴的，来玩的城市客人们，所以那冷漠迟钝的眼睛、狡猾的嘴形后面随时装出朴讷的表情，准备好谄笑。"他们很生气，1962年小说搬上银幕时抗议：小说故意丑化了浦安人，拍成电影更会把"乡"丑外扬。

小说的《结语》写道："我逃出了浦粕，因为对那个地方的生活也厌倦了，明白不能再待在这样的乡下。"日记则写道："所有的计划都失败了。我像水獭一样逃离浦安，大概有很多的嘲笑扔到我背上。"然而八年后，照顾过他的老夫妻不记得他了，三十年后登门探望长太郎，他早把这个远方来客忘得一干二净。

周五郎曾带他去东京的浅草看猛兽电影,一开演他就兴奋到百分之一百二十。日记也铭记:"今天带长太郎游东京。看电影,坐地铁,去动物园看海狗、白熊、狮子和猴。我儿时的兴奋随着长太郎的兴奋涌上我心头。有很多幸福回忆的一天。"虽然长太郎还是小学三年级,似乎也不该对那么兴奋的往事没留下一点印象。忽而想到了鲁迅的小说《故乡》,他认识闰土时,"也不过十多岁,离现在将有三十年了"。闰土的"态度终于恭敬起来了,分明的叫道:'老爷!……'我似乎打了一个寒噤;我就知道,我们之间已经隔了一层可悲的厚障壁了"。长太郎忘掉周五郎,直到临走前,这个当年"浦粕的顽童中唯一一个维护我的人"终于没想起"我"是谁,"我问了问蓝划子,似乎也只是模模糊糊地记得,说了句'毕竟有年头啦',就把话岔开",那么,他们之间也隔了什么厚障壁么?答案在最后一章的结尾:"'巡礼,巡礼',我沿着昏暗的土堤往家走,为使激动的心情镇静下来,出声嘀咕。'苦难,也还是要工作',这是那时从绝望和失意中拯救我的唯一的书——斯特林堡的《蓝书》里写的一句话:'苦难也还是要工作,莫求定居,人世就是巡礼。'"整个小说里四次写到瑞典作家斯特林堡的随笔集《蓝书》，日记是这样写的："今天读完了斯特林堡的《蓝书》，最后的话'苦难也还是要工作，莫求定居，人世就是巡礼'（这句话，日记的文字与小说不尽相同），狠狠地鞭挞我，又慰藉我。啊，斯特林堡，吾友，吾师，吾主。我礼拜您，要继续巡礼。"他逃出浦粕或浦安，那里已经是过去，他要去巡礼，眼睛和心只朝着前方。对于浦粕人来说，巡礼的人是过客。"我"这个外来人，只是一走一过的影子而已，在浦安人的记忆中穿了过去，像大海里的浪花一样消失。

山本周五郎在千本船宿住了寒冬的两个多月，而后租了一栋"稻草葺顶的年久腐朽的茅屋"。这个千本实际叫"吉野屋"，迄今犹在，也是让我们动辄兴叹的百余年老店。吉野屋二层，坐落在旧江户川（江户川开通一条疏水路，被定为主流，本来的江户川叫旧江户川）边上，隔一条狭路是高过屋顶的河堤。屋两面都横书一行大字："山本周五郎著《蓝划子故事》的船宿千本"。我起初就是从这个招牌得知《蓝划子故事》这本书。小说有《前言》有《结语》，最后是一篇《三十年后》，最后的最后说"我打算最近一定再去趟浦粕,这回要作为钓客。"一个月后他真的又来,但不是来钓鱼,而是和摄影家林忠彦相伴,为《朝日画报》拍照。吉野屋店内挂了一幅山本周五郎和吉野长太郎的大照片,就是林忠彦的作品;他拍摄文人出名,最有名的是那幅太宰治支起腿坐在高凳上。

山本周五郎出生在山梨县,因为发大水,随家辗转迁移到横滨。小学毕业后进当铺做学徒,店主就是他提及的唯一后援者。关东发生大地震,几经辗转又回到东京,当编辑记者,不认真上班被解雇。从浦安回到东京,和住院时结识的护士结婚。战败前夕妻病故,拆了书架做棺材送葬。再婚后搬回横滨。人生后二十年把一家旅馆当作工作室,一年只回家几次。早上自炊,中午在外面吃,晚上夫人做好了送来。每天按时伏案写作,因肝炎和心脏衰弱倒在了工作室,享年六十三岁。前一天深夜,他对夫人说:"因为有你,能尽情地工作,也受惠于编辑,吃了想吃的,喝了想喝的,没有像我这么幸福的。遗憾的是终于没当上日本首屈一指的小说家。"

人送外号"曲轩",日语有"臍曲がり"一词,就是我们东北话说的犟眼子。不参加天皇主持的游园会,说是没那个时间，小说家除了为读者而写，没有其他的时间。为人乖僻，不爱跟人交往，却长于写人情、心理，也是个怪事。性格一半是先天的，一半是后天的，生活经历打造人。《蓝划子日记》里记载："访德田秋声（自然主义文学的大家），要回自己的原稿，为此跑他家五趟。他这样说：'转了几家出版社，这种东西卖不出去呀。'末了找不到原稿了。'家里有抄本，不要紧。'回去后想写信问责，但作罢。上智与下愚不移。把重要的原稿交给他那种人，是自己的过失。我对一切东西失去信任。我完全孤独了。主妇拒绝借给我铰指甲的剪子，拒绝借剃刀。世间是多么冷酷、枯燥无味、沾满灰尘的场所。我在读斯特林堡的《蓝书》。对于我来说，他常是最大、最可敬的良师和挚友。我含泪说他的名字。"总之，你说你的，他活他的，好像村上春树也是这样的人生态度。

评论家常说山本具有庶民性。他执笔前预支稿费，挥霍一空，说这样能迫使自己写出好作品。认为勤俭储蓄不是美德，储蓄不是众智得出的语言，而是统治阶级推行的。"金钱这东西，有了常常很便利，但没有也不是绝对不能活。支撑人生活的不是钱，钱不过是附带的条件。以为有钱就能做什么,大错特错,有钱也不是什么都能做。"此等金钱观似乎不大有庶民的感觉,这时便又有评论家强调他反俗。有人说藤泽周平继承了山本的庶民性,但藤泽本人对这种说法不以为然。山本说"自己对英雄、豪杰、当权者之类毫无兴趣",这一点与司马辽太郎形成对照。文艺评论家和田芳惠指出:"山本的孤绝感出于劣等意识,采取了作品的形式进行复仇,这成为世上很多不得志的人的慰藉。"山本和同样出身穷苦、没有高学历的松本清张堪为同类。

评论家又给山本周五郎贴上"陈旧的义理人情"标签,他驳斥:这些批评家生在富裕人家,读大学,只享受着社会中产阶级以上的生活,以各自的经验构成社会观、人生观的根底,不了解也不想要了解贫苦庶民们过着怎样的生活,怎样的感情支撑他们的日常。实际上他们鄙视为"陈旧的义理人情"的生活伦理、邻人关系现在还活着,就是这些支撑着贫穷庶民们的生活。此话有道理,我们读小说有时也以为写的是虚构的或者过时的东西,殊不知那是我们不知道的现实。

笔耕四十年,作家开高健认为山本周五郎"最后十来年取得了压倒性大胜",《蓝划子故事》是战果之一。要给他颁发文艺春秋读者赏,拒之不受。这是他第二次驳《文艺春秋》的面子,1943年拒绝过直木赏,理由是:"虽然对此赏的目的一无所知,但觉得该发给更新的人、更新的作品。只说新未免太含混,总之,现在谁都想要清新的东西。局外人说这个话,类似于多管闲事,然而此赏的意义在于介绍新人和新风,当然我认为以往就这样,希望今后还是选这样的东西。"联想到中国的各种奖,好像多奖给成手乃至老手,大概我们更喜欢锦上添花,但于中应有一个半个学学山本周五郎。

白话源氏物语

说到《源氏物语》,日本无人不知,但要说真读过的,恐怕也就是那些研究者。至于原因,无他:语言不断地变化,一千年前的所谓小说不好读,读不懂。有人说读过,无疑读的是白话译本。中国文学研究家吉川幸次郎自道:他几乎没读过《源氏物语》,认为与谢野晶子、谷崎润一郎把千年前的古语翻译成白话很有必要。《源氏物语》白话译本之多,足以令友邦惊诧,正译、全译、评译、谨译、新译、新新译、窑变译……一根藤上不止七朵花或者七个娃。

川端康成获得诺贝尔文学奖,在斯德哥尔摩演说《美丽日本的我》,说:"纵观古今,尤其《源氏物语》是日本最好的小说,现代还没有小说望其项背,10世纪能写出如此具有近代性的长篇小说,作为世界奇迹,在海外也广为人知。"他也想翻译来着，却"深感现代语译法的不可能，同时又深感没必要"，终于未试水。

第一个翻译《源氏物语》的是女歌人与谢野晶子。1911年应出版社之约翻译，翌年出版《新译源氏物语》，轰动社会。这个译本是摘译。1938年10月又出版《新新译源氏物语》，这回是全译。江户时代也曾有几种通俗译本，但作为白话（现代语）翻译，与谢野头一个吃螃蟹。新新译上市，不料被谷崎润一郎的译本抢尽了风头，只印一千册，与谢野死后，多家出版社印行各种版本，销量压过了谷崎。

谷崎润一郎是第二个翻译的，被称作谷崎源氏。他先后翻译了三回。第一回书名是《润一郎译源氏物语》，1939年1月出版，一时风行。有人回忆谷崎越界翻译的缘起，说是在文部省工作的国语学家提出一个出版计划，由作家翻译日本文学古典，设想菊池宽译《平家物语》、佐藤春夫译《雨月物语》、谷崎润一郎译《荣华物语》等。找中央公论社社长商议，觉得谷崎翻译《源氏物语》最合适，但迟疑不决。因为翻译这么多古典，有赔钱之虞，又听说与谢野晶子将推出全译本，有撞车之险。正当此时，以笔锋犀利著称的小说家兼批评家正宗白鸟在杂志上发表了一篇评论,盛赞英国东方学家亚瑟·威利的《源氏物语》英译。说自己一直认为此书很无聊,这回读英译本才明白故事的脉络,也理解了男女人物的行动与心理,叙事和描写都鲜明了,让如同已死去的原作活过来。盛赞之余,顺手牵来谷崎润一郎刚发表的戏剧《颜世》(后改编为电影《恶党》)痛加批判:对《春琴抄》的赞美之声,恐怕作者也厌腻了,如此杰作问世后应该暂时休养一下,但大才谷崎润一郎也难免多产之弊。用同样程度的技巧写同样的事,在艺术上是无用之举。而"亚瑟·威利费时十年翻译《源氏物语》,始终能保持兴致,其纯粹文学家的心境是我们除了月月应杂志之约执笔而外别无所能的文笔家无法企及的"。大概受到了启发,中央公论社决定只搞《源氏物语》,由谷崎润一郎翻译。谷崎回话:如能保证支付五千日元也不妨试试。据说这些钱当时能买四五户蛮不错的新居。谷崎觉得这种翻译完全是文章技巧的问题,自信满满。

仅次于《万叶集》,《源氏物语》的注释书很多,被一字一句地探究,参考这些书,理解意思应该不困难。如果连学者都不解的地方,他译错了也无所谓。

《源氏物语》倒是比其他古典容易译，只要尽力译得最文学就行。与谢野晶子不但是歌人，也是《源氏物语》专家，第二次翻译之前费时多年撰写上万页的《源氏物语讲义》，未能付梓，关东大地震时被焚毁，只剩下一页，是遗漏在他人手里的。谷崎不是源氏专家，虽然有各种注释书、参考书，例如他置于案头的北村季吟《湖月抄》（江户时代流传最广的注释本）、吉泽义则《源氏物语逐语全译》（1928年出版，学者用白话翻译《源氏物语》之始），以及与谢野译本、亚瑟·威利英译本，可动起手来，不仅查阅很麻烦，而且诸说不一，难以取舍。担心误译，向出版社提出请人校阅。请来的是国语学家山田孝雄。据责编回忆，条件是谷崎署名在前，校阅费一千元，但不要改动译文的文章表现。这不是讲义，而是用现代小说的形式使古典复活，山田慨允。之所以请他，还别有作虎皮的用意——当局对山田另眼看待，有利于通过审查。费工三年半，译本上市，好评如潮。与谢野的新新译没有像谷崎源氏那样自宫，也未遭查禁，似乎谷崎神经过敏了，但他说，即使官方通过了，也可能成为社会问题，自主删节为好。

谷崎第二次翻译，1951年出版《润一郎新译源氏物语》,增补了旧译因"顽迷固陋的军国思想跋扈"而不得不歪曲、删除的内容。主要是涉及皇家丑闻,例如源氏是桐壶天皇的皇子,被降为臣下,赐源姓,和父皇的宠妃藤壶通奸,生一子,后来也当上天皇,让源氏享受准太上皇待遇。文体也有变,仍然大畅销。

谷崎说,"他日有机会,鞭策老躯,再一次尝试新新译",1964年出版《润一郎新新译源氏物语》。虽然也请当时在东京大学讲《源氏物语》的秋山虔找了几个研究生通读旧译,但内容及文体未加改动,只变换了假名用法,好比我们把繁体字改为简化字,这些工作也主要是编辑做的。

谷崎源氏第一次翻译出版的流程如次:1.谷崎先译出底稿,交给责编,排版,一校、二校;2.印出两份校样,分送大阪的译者谷崎和人在札幌的校者山田,山田用红笔校改,甚至改得满天红,依次寄给谷崎,谷崎随时据以修改或不改;3.重排,三校、四校,寄给山田再校阅,交谷崎再修改,十之八九采纳山田意见;4.改版,五校、六校,谷崎做译者校;5.七校、八校,印刷,装订,上市。

新译,也就是重译,但重译一词也有转译的含义。

全译，日本也叫完译，像完胜、完食一样，都属于完成之意的造词。谷崎从事新译，跟平素敬慕的新村出商量，这位语言学权威推荐了三位京都大学毕业的研究者。先是请榎某，他曾为谷崎写《滋干之母》调查资料。榎某因病半途而退，再请来宫地，后来玉上琢弥也参与，他当时是国语学国文学研究室负责人。他们的任务是查看旧译本有没有误译、脱漏、歪曲，提醒谷崎。当先生的自有弟子服其劳，命他们检阅标记，先生再过目。1964年玉上琢弥也出版了自己的《现代语译源氏物语》。吉川幸次郎说：也有不少读者希望译出原文的节奏，玉上君的工作适于完成这个任务。谷崎收到玉上等人在旧译本上的批注，那时候没有复印，只能用另一本旧译本参酌修改，然后送出版社打印四份，分送山田孝雄、玉上和宫地，他们再批注，退给谷崎，谷崎再据之推敲。

不知其他译者是否凭一己之力翻译，只觉得谷崎润一郎很下了功夫。川端康成对谷崎源氏不以为然，曾写道：谷崎在明治的东京长大，是江户遗民，令人怀疑其语汇、语感不可能没有江户调、江户味。川端还把被他改得一片红的谷崎译本给人看。传说紫式部进香石山寺，看见月亮从琵琶湖上升起，心有所动，起笔写《须磨》。《源氏物语》五十四帖，也就是五十四章，这是其中第十二帖。寺在滋贺县大津市，离京都很近。川端出生在茨木市乡下，离京都不算远。有一位叫中井和子译者，费时十五年，用现代京都话翻译《源氏物语》，1991年出版。她说：《源氏物语》好像不加主语就读不通，但是用京都话来读就大致读得通。

谷崎新译时眼睛有疾，中央公论社特地雇用了一个编辑，给他当秘书，做口授笔记。这位秘书是土生土长的京都人，也觉得谷崎译文有江户歌舞伎的腔调。所谓现代语（白话），基本指现代标准语。谷崎把小说翻译成小说，不是对照读物，他希望普通读者就像读普通的现代小说一样读他的翻译。拿翻译做学问，以注释为能事，读起来不免磕磕绊绊，艺术性魅力荡然无存。古典翻译成白话，几乎只剩下故事，即便有语言之美，也是译者的了。可以说，这是白话翻译所带来的最大损失。

与谢野译本和谷崎译本被称作白话翻译的双璧，后浪不绝于后，也未能把他们拍死在沙滩上。1970年代有圆地文子、田边圣子的翻译，1989年以来有桥本治、濑户内寂听、大冢光、林望的翻译。最新出炉的是角田光代的翻译。译者多是女作家。时代变迁，语言、审美、阅读方式变化，但《源氏物语》的翻译始终需要做的是补主语，去敬语，改变叙述文体。中学课本选讲《源氏物语》的开头，大意是："不知是哪朝，甚多女御、更衣侍奉，其中有出身不算最高贵，却能集万千宠爱于一身。"这句话没有主语，各家的译文不是添补"人"（与谢野晶子）或"方"（意思是人，谷崎润一郎）或"ひと"（意思是人，圆地文子），就是增加"更衣"（濑户内寂听），各显身手。试译两种译文：

以随笔出名的国文学家林望译：话说已经是过去的事，那是哪位帝王的时候呢？宫中有过这种事：身份叫女御、更衣的妃子也很多，一个叫桐壶更衣的人虽然门第不特别高贵，却压倒众人，独占帝王的宠爱。

女作家角田光代译：不知是哪位帝王的朝代，从前有个女人被帝王深爱。宫廷里好多女人，身份高的人和不高的人被分配各自的房间，服侍帝王。受到帝王深深宠爱的这个女人不是名门出身，本人的地位也是比女御更低的更衣。给她的房间叫桐壶。

女作家、老尼姑濑户内寂听的翻译用简化的敬语，而林望和角田光代都干脆不用。他们把解释融会在正文中,读来顺畅,这是读小说的第一要求。似乎谷崎润一郎的直译最简洁:不知是哪位帝王的朝代,有很多女御和更衣伺候,其中一位比谁都得势。

亚瑟·威利的英译本是《源氏物语》走向世界之始,在西方大有影响。有名的日本文学研究家唐纳德·金就是读了这个译本而爱上日本文学,法国人类学家克洛德·列维-斯特劳斯读了说:紫式部已经确立了法国总算在18世纪由卢梭开创的文学样式。威利的翻译是意译,乃至"恣译",例如秋虫啾啾,西方人听来是噪音,难以理解《铃虫》,这帖就一删了之。正宗白鸟读了威利译本还写道:"要是把这个英译再译成日文,作为名闻世界的小说也许能得到众多爱读者。"于是便一再有人翻译英译,衣裳的繁缛描写变成一个词,披肩、斗篷或大衣什么的。这是最容易读的《源氏物语》,大概像吉川英治连译带编的日本《三国演义》又被我们又译成中文。

一般来说,除非供内部参考,译者没有不说他翻译的原作么么好,因喜爱或感动而援笔。与谢野晶子礼赞《源氏物语》,给每帖写一首和歌。1923年发生关东大地震,谷崎润一郎携眷逃到关西,他的文学也回归以京畿为原点的王朝古典,而且他恋母,跪拜女性,任谁都认为他喜爱以至崇仰《源氏物语》,翻译也顺理成章。1965年他写了一篇随笔,叫《讨人厌的话》,说《源氏物语》作者紫式部大概要塑造理想的男性,但我看不惯源氏这种怪里怪气的男人。进行新译时他一再对秘书说:源氏这家伙可恶,表面上满脸善意,却总是使坏,所以我讨厌京都人。新译竣工,他终于松了一口气,说:可算不再跟源氏们打交道了。协助新译的玉上琢弥写过一篇《关于谷崎源氏的回想》,说他1938年初次见到谷崎时寻问《源氏物语》是什么程度的杰作,谷崎说他不认为是多么不得了的杰作。《讨人厌的话》最后写道:"你讨厌《源氏物语》,为什么还把它译成白话?我的回答是,虽然我无法喜欢物语里出来的源氏这个人,也反感一味地偏袒源氏的作者紫式部,但这个物语整个来看,毕竟不能不承认其伟大。"

谷崎死后,小说家舟桥圣一撰文,说谷崎将死,脑子坏掉了。题为"讨人厌的话",可见他预见到舟桥这类人的反应。谷崎润一郎只有此文写到对《源氏物语》的看法,这是他的两篇绝笔之一。

英译源氏物语

偶见网传某出版社翻译出版了当代美国作家哈金的《李白传》,称之为英语世界第一部李白传,不由得想到亚瑟·威利。他是英国的东方学家,1951年出版关于李白的书,日本于1973年迻译,就叫它"李白传"。

威利生于1889年。"伦敦城里有雾的日子,太阳黑红如血"(夏目漱石语),大街上跑着二轮马车。祖辈从德国移居英国,犹太人,但他长得不大像,在西欧人当中比较矮。父亲是伦敦大学最初的经济学教授。三兄弟,威利行二,哥哥三岁识字,他七岁还懵懂。少年时爱骑自行车,骑车放风筝,骑车四处收集教堂的名牌拓本,一直骑到老。随家人出游,热衷于解读古爱尔兰语的碑文,显出对语言的兴趣。十八岁入剑桥大学,原想学经济,改为拉丁语、古希腊语。

二十一岁毕业。左眼失明,也为不酷使眼睛,父亲让他跟亲戚经商,向南美出口钢琴,他很有点郁闷。在西班牙邂逅法国人画家,介绍给他供职于大不列颠百科全书的朋友,这意外地成为他走进东方世界的起点。返回伦敦,按这位朋友的建议应聘大英博物馆。此时他对该馆还一无所知,填写表格:大学专攻希腊语、拉丁语以及希伯来文、梵文,能流利地说法语、德语、西班牙语,轻松阅读意大利语、荷兰语、葡萄牙语、法语、德语、西班牙语。1913年6月,二十三岁的威利入职大英博物馆,配属新设的东洋版画素描部,整理馆藏中国画,编制中国画家索引。天生对语言感兴趣,并利于工作,开始学汉语。第一次世界大战爆发,因眼疾免服兵役,在河边晒太阳看汉籍,那文字令英国人莫名其妙,童子军报警,疑为间谍。

从小爱好诗,不到二十岁已读遍英国过去主要诗人的作品。也写诗,例如大学时代写人类污染自然环境的悲哀:人掩盖草地,砍倒森林/沿河边扩展丑陋的城镇。想了解当代诗人,把市面上的诗集统统买回来，全买了也比流行的摩托车便宜。觉得1907年以来英国诗坛不景气,但是被一本1910年出版的《中国诗二十首》吸引。作者克利福德·巴克斯并不懂汉语,旅行中国之后到日本,一个姓井上的导游(旅游淡季做商贩,卖百合根)会英、德、法、俄语,还会中国方言。当时西欧报道日本,不是地震就是军舰,井上批评西欧只赞赏日本的物质力量(用英语写《茶书》的冈仓天心也这么说),还讲了一些比和歌富有哲理的中国诗。巴克斯很感动,回国后把井上的英译加工出版,以期在追求美的灵魂上建立东西之间的真正理解。威利给巴克斯写信,说他读了《中国诗二十首》,决心学汉语。

为解读中国画上的识语题记,到不久前开办的东方学院(后来的伦敦大学东方与非洲学院)请教老传教士,这位研究中国的老传教士说:中国只有《诗经》,其他都不值一提。威利不信,从学院图书馆的堆积中选了些看似容易的诗篇试手翻译。译出五十首,自费印制几十册,当圣诞贺卡赠亲友。十六页,封面用家里剩余的壁纸,颜色不一。这是1916年的冬天,自学汉语第三年。

赠书名单上有影响英语文学的埃兹拉·庞德、获得诺贝尔文学奖的T.S.艾略特。也送给偶然在朗诵会上结识的伯特兰·罗素,他写信来:"中国风物的本质好像比西欧风物更具有让人心情愉快的纤细,我打算战后当首相,然后当一个能隐遁的中国人。"罗素坐牢时威利寄去译诗,白居易的《红鹦鹉》:笼槛何年出得身?也有人嘲笑:百川东到海,何时复西归,这种事用不着中国诗人教。

1917年伦敦大学东方学院创刊纪要,用不少篇幅刊登威利译中国诗七十五首。他出色的理解力、语言能力和诗才被高度评价。有媒体评论:读一下威利的中国诗翻译,就知道新星出现在视野里。西欧的诗在题材与表现上已经疲敝,像文艺复兴从古希腊文学发现未来一样,西欧诗人们应抛弃装腔作势的美学,从古代中国的诗当中发现未来的指标。伦敦的出版社1918年出版威利英译《中国诗一百七十首》。这是他第一次正规出版作品,时年二十九岁。英国评论家康诺利说:这个译诗集"把一个文明整个带入英诗中"。当年威利在美术杂志上发表第一篇关于中国美术的论文,探究大英博物馆藏《清明上河图》。

不知他何时与庞德相识。庞德在威尼斯自费印制第一本诗集，怀揣五英镑，二十三岁（1908年）来到伦敦。初识爱尔兰诗人叶芝，批评其风格已落后于时代，应省略多余的表现，更明确、严密。他把翟理斯1898年英译的几首中国诗加以改造，收入1914年在美国出版的意象派诗选。抵达伦敦时，美国的东方美术史家费诺罗萨在伦敦去世；没有费诺罗萨，日本不会有冈仓天心。费诺罗萨遗孀赏识庞德，委托他整理出版费诺罗萨的遗稿。基于费诺罗萨的研究，庞德翻译日本谣曲和中国古诗；李白，他不叫 LiPo，而是叫 Rihaku，这是日本的发音。庞德撰写关于能乐的文章也得到威利指点。庞德主张英文学的伟大时代是伟大的翻译时代，威利认为庞德诗论是他这辈子听到的最好的诗论。威利用翻译尽情地发挥自己的诗才，不做学者式解释，完全译成了英诗，而且作为无韵诗的一个尝试，给20世纪英诗带来新的韵律，为诗坛所赞许。大概庞德、威利都是把未臻精通之处当作大展想象力的空间，"恣译"之中对原诗进行再创作，以至于作为文学，不再是中国的或者日本的，而是英语世界的了。

威利学汉语的同时也自学日语，1919年英译和歌一百五十来首，两年后出版《日本谣曲集》。大概如威利所言，和歌只有用日语读原文才能正确地欣赏，对和歌英译的评价不如中国诗。他觉得日本古文的语法很容易，词汇少，几个月就可以学会。见过他的日本文学研究家唐纳德·金说：威利说过能阅读日本的古文、文言，三个月就成，三个月应该谁都会。日本文学翻译家莫里斯说，这只有威利做得到。想来威利的说法是建立在掌握古汉语的基础上。

张伯伦是19世纪后半至20世纪初最著名的日本研究家，1890年出版《日本事物志》，说日本古典小说《源氏物语》是"最有名的作品，理由主要是装饰华丽的文体"；"日本人在日本文学上最珍重的东西平淡无聊，西方人实在受不了"。1902年再版，又加了个注，拉来另一位日本研究家萨道义助拳，说《源氏物语》的情节没意思。当时欧洲对日本文化的偏见颇严重，手里的美术品被鉴定为不是中国的，而是日本的，收藏家懊丧不已。威利不否定中国对日本的影响，正如不否定希腊对罗马的影响。他比张伯伦晚生四十年，曾写道："我最初知道《源氏物语》是在张伯伦教授的书本里,他当时是关于日本文学的最高权威,认为《源氏物语》无聊至极。"

大英博物馆1885年入藏《绣像源氏物语》,丢在书库里无人过问。某日威利整理日本资料时看见一幅画,画的是《源氏物语》中的须磨故事,画上题写了一首和歌,引得他翻看《源氏物语》。不由得惊叹内容与规模"是东方最好的长篇小说,与欧洲小说比较也位于世界十二种名作之间"。1925年威利英译《源氏物语》第一卷出版,震动英美读书界,而且震动众人的是两个天才——作者紫式部和译者威利。唐纳德·金说:紫式部的日语如水墨画,威利的英语如五彩油画,两者是平行的创造性作品。唐纳德·金就是读了威利英译《源氏物语》而走上日语之路,成为日本战败后独领风骚的日本文学研究家。

法国、荷兰、意大利据以转译。威利把逻辑性暧昧的复杂脉络译得清晰可读,欧美读者从中感受到一种近代性。"感情的优雅和语言的巧妙多少是紫式部的,多少是译者的,不得而知。"以致与其说英译《源氏物语》是日本上千年前的古典,不如说是20世纪英语世界的名作。当欧洲人谈《源氏物语》时,几乎就是谈这个译本。不过,日本的语言学教授一对照原文,误译、曲解、删节、添加随处可见,何止失望,简直是有损国威。小说家兼评论家正宗白鸟却说:《源氏物语》原作的文章好似被一刀砍掉了脑袋(按:意思是没有主语),只有身子晃晃荡荡,读来直着急,而译文干净利落,有解开一团乱麻的痛快。江户年间汉文为尊,武家子弟读《论语》不读《源氏物语》,福泽谕吉就不曾读过,他得意的是会背《左传》章节。明治维新后西化,正宗白鸟(生于1879年)一代读英文比读日本古文轻松,他读了英译,"艺术的快感难以言表"。威利的英译一夜之间改变了欧美对日本文学的看法,也带动日本文学研究及翻译,至今仍然是英语世界的读物。年高八秩有余的张伯伦无奈在最后一版《日本事物志》中加笔:"最近我觉得自己好像完全没理解这个例外地难解的原典文本,同样,日本的西方文学研究者对于勃朗宁(英国诗人)、马拉美(法国诗人)、让·保罗(德国小说家),不谈论其文艺价值才最为明智吧。"看来是心有不甘,还把日本人拉来垫背。

然后,有人建议威利接着译《红楼梦》,他没有译,但然后把视线从日本收回到中国。1934年翻译《道德经》,1937年翻译《诗经》,1938年翻译《论语》,1939年撰写《中国古代思想三模式(庄子、孟子、法家)》。贝尔托·布莱希特从希特勒德国流亡,行囊中常有一幅孔子画像和七本威利的书。

威利毕生兴趣在于诗。从三本译诗集拔萃,1946年出版《中国诗集》,读者更广泛。他翻译白居易居多。他的译诗也惹得一些作曲家兴起,1920年阿隆·科普兰从《中国诗一百七十首》中选取枚乘的诗谱曲,1959年爱德华·本杰明·布里顿为汉武帝的《秋风辞》等六首诗作曲,名为《中国之歌》。

此后威利撰写白居易、李白、袁枚的传记,充分发挥了诗人、学者、作家三位一体的才能。研究原典他是严肃的学者,执笔译诗则是浪漫的诗人。书是写给一般读者的,引介诗人的作品,描述诗人所处的时代和生活在那个时代的诗人。他没有炫学之处,简洁明了,犹如袁枚在《随园诗话》中引用南宋诗人姜夔的话:人所难言,我易言之。发表《禅与其美术的关系》,比铃木大拙出版第一本有关禅的英文著作早五年。他认为不久的将来,禅会给西欧带来不小的影响。

赠与胡适，胡适批之"多沿旧说，颇多错误"。晚年研究禅宗《祖堂集》，惜乎未完。看威利的著译书目可见其博大，至于精深，日译《李白》的中国文学研究家小川环树说，三本评传显示了威利的文学研究之深，不仅向欧美介绍中国文学，而且独创的卓见对我们也颇多启迪。小川翻译《李白》时正好郭沫若出版《李白与杜甫》，他认为郭氏出了书，以前的所有研究并不会因之而失去价值，威利的书优点不少，例如关于李白的出自，在他读过的研究和评传中威利的说法最接近真实。

日本1959年翻译出版《白居易的生涯及其时代》，三度改装再版；1973年翻译出版《李白的诗及其生平》，改版收入评传丛书，2019年重印；1992年翻译《袁枚——18世纪中国诗人》，1999年重译，收入东洋文库。日译均学者操刀，翻译也是研究，大作其注。有一个难点，那就是威利把中国古诗译成英语现代诗，日译者不能随手找出中国的原诗一贴了事，也得译成日语现代诗，当然，若附上汉文原诗，更别有趣味。《李白》是小川环树与英文学研究家栗山稔合译，《袁枚》由古田岛洋介分担正文的翻译并作注，加岛祥造译诗。

威利在"二战"空袭下缩译《西游记》，叫《猴子》，

1942年出版,战时重印了五次,战后转译七国语。1993年日本讲谈社收入英语文库。我们若把它译回来,说不定也会有意思,又能借以学习英语英文学。翻译家兼学者,成果往往是双重的,威利还写了《三藏法师传》,1952年出版。

翟理斯曾批评威利译诗之误。威利辩解,翟理斯所言是对于原诗的不同解读,并且说自己的解读得到日本汉学家、森鸥外的汉诗文老师桂湖村认可。翟理斯不屑,说日本人注释中国文本向来不靠谱,他们对中国古代文明极为嫉妒。

屈原的《大招》里列举好多鸟,这些鸟几乎就是个名字,不会给人以具体的形象,但是与百鸟朝凤、百花齐放之类的笼而统之自是不同,文体也就不一样。多识于鸟兽草木之名的人喜欢,却难为了翻译。庞德赞威利善于修剪,翟理斯非难威利译了些什么鸟。威利反驳:"我不追求鸟或动物名称的自然科学性译语,若是为专家而翻译且当别论,应该找到用文学性翻译、符合提高诗所要求的文体的等价语。有时对应不上原语也无奈。我译的是诗,不是博物志。"又说:"我的目标是传达原诗的诗意。"言之有理,但作为原文读者的我们,没有各种鸟,文学性美感与乐趣会大打折扣。

著名汉学家苏立文卧病时让妻子给他读威利的《白居易》,读到一首诗,妻子很感动,觉得英译比原诗好。威利听说了,尖声道:夫人想说的是我的翻译是误译。好似拍马屁拍到马蹄儿上,却正是这样的"误译",1953年他作为诗人荣获伊丽莎白女王的奖章。

威妥玛爵士在中国生活四十余年,1883年受聘于剑桥大学,1888年七十岁任该校第一位汉语教授,在中国生活二十五年的翟理斯继任其后。威利为人乐道或惊叹的是他没去过中国,也没去过日本。颇有交往的日本人矢代幸雄(美术史家)邀威利访日,他拒绝:关于日本,想知道的事全都可以从书本学。他的兴趣所在是古典文学,不是现实,没有心思去中国或日本寻找已失去的唐朝或平安朝。晚年举自著的最爱是《枕草子》与《袁枚》,似乎他本人也活成清少纳言和随园主人的样子。威利的日语能读不能说,与其说不能说,不如说他本就不想说。

他常在欧洲内旅行,也积极和访问英国的东方学者交流，例如胡适。威利沉默寡言，石头不出血似的，几乎从不谈自己。喜欢吹简单的竖笛，生活尚简，且极简。听对方的话无聊，就拿出书读。朋友来家，也事先告知带上书。据矢代幸雄回忆，威利请他吃饭，端出一盘黄油炒蔬菜，倒上一杯水，一人一个生苹果，带皮吃，这就完了，他觉得太没劲。胡适也曾被威利"邀去吃便饭"，觉得他"甚可爱"，"谈到夜深始回寓"（见胡适日记），谈起学问来威利不寡言。1959年日本政府授予他勋章，日本驻英国大使馆举行仪式传达，来宾穿上燕尾服，一脸的庄重，唯有这位主角照样穿一身破旧的西服。

1929年12月辞去博物馆工作，专念于研究与翻译。"二战"时情报部门一度请他审阅日语新闻稿，令日本驻伦敦记者们大惊。他写了一首诗《审阅》，有中国诗风格，"薄纸上笔走龙蛇／字淡读来累眼睛"云云。后来固辞哥伦比亚大学招聘除了任东方与非洲学院的中国诗名誉讲师，未就过公职。有人鄙薄他不是大学教授。1966年2月遇车祸受伤，手术时发现患癌症。5月和小他十二岁的艾莉森结婚，她是威利的粉丝，威利翻译《源氏物语》第五卷的1929年相识。艾莉森

1982年出版自传,讲述她和威利及其女友蓓丽尔的三角关系。蓓丽尔比威利大十岁,是舞蹈、音乐的专家,也会多种语言,二人自1918年交往,似乎是一种惺惺相惜的关系,《源氏物语》英译第一卷献给她。蓓丽尔病故,威利整理出版她的文集。1966年6月27日威利去世;这一天中国高教部通知,为开展"文化大革命",停止招收研究生。下葬时艾莉森朗读威利翻译的孟子《告子章句》段落"牛山之木尝美矣",有云:"虽存乎人者,岂无仁义之心哉?其所以放其良心者,亦犹斧斤之于木也,旦旦而伐之,可以为美乎?"

当欧洲的东方学者多致力于历史与语言时,威利在文学方面独树一帜。他的名字在日本广为人知,当然不是因《李白传》,而是把他们最为骄傲的《源氏物语》译成了世界古典名著,或者应该说,因为《源氏物语》被译成世界古典名著,他们才得以骄傲。1965年威利被选为日本学士院名誉会员。

某日本外交官回忆,1953年奉派到英国留学,见到威利,恭问:您以前对世阿弥的作品有兴趣吗?他当即回答:我极为有兴趣,所以也翻译过。留学生道歉:不知道,太失礼了。威利道:不错,是失礼。